I0635461

Dʀ Maurice ADAM

La Tradition

Celtique

Et ses Adversaires

... Quel barde, — comme Taliesin lançant sa harpe dans la grand'salle du palais du perfide roi Maëlgoun en maudissant sa race. — lancera sur le Palais du Monstre ses quatre malédictions !!!!

. . . .

... Et quand un lac aux eaux profondes aura remplacé le Palais Maudit, quel barde ira recueillir la harpe surnageant pour en faire vibrer les quatre cordes !!!!

. . . .

... Quel Merlin fera surgir le nouvel Arthur !!!!

ROGER, ÉDITEUR
JOINVILLE-LE-PONT (Seine), 2, Avenue Nast

1904

La^2

223

3522

DU MÊME AUTEUR

ETUDES CELTIQUES. — De l'Idée religieuse chez les Celtes préhistoriques. (Bodin, libraire, 43, quai des Grands-Augustins). Br. in-8.

LA

TRADITION CELTIQUE

ET

Ses Adversaires

Dr Maurice ADAM

Ignorant !

La Tradition Celtique

Et ses Adversaires

... Quel barde, — comme Taliesin lançant sa harpe dans la grand'salle du palais du perfide roi Maïlgonn en maudissant sa race, — lancera sur le Palais du Monstre ses quatre malédictions !!!!

....

... Et quand un lac aux eaux profondes aura remplacé le Palais Maudit, quel barde ira recueillir la harpe surnageant pour en faire vibrer les quatre cordes !!!!

....

... Quel Merlin fera surgir le nouvel Arthur !!!!!

PARIS

—

1901

LIVRE PREMIER

L'AME CELTIQUE

ET

L'ESPRIT CHRÉTIEN

CHAPITRE PREMIER

LA RACE CELTIQUE ET LE PEUPLE FRANÇAIS

L'Ame Française est fille de l'Ame
Celtique et de l'Esprit Chrétien.

§ 1. — Comment le Peuple Français est de race presque pure.

A une époque où le Parti Révolutionnaire, en France, sévit despotique et menace de destruction les derniers vestiges de la Tradition Française, où les défenseurs de cette tradition cherchent à refaire un tout de ces vestiges et à leur infuser une vie nouvelle, où des nationalités de même race tendent à s'unir au nom de la communauté d'origine, il est nécessaire de rattacher l'Ame de la France à l'Ame de la race qui en est toujours l'inspiratrice et la mère éternelle, à l'Ame Celtique.

Que nous devions les dix-neuf vingtièmes de notre sang à une seule race, voilà qui n'est plus douteux aujourd'hui. Cette race, c'est la race Celtique. Cette race vient-elle d'Asie centrale, comme on l'affirma longtemps, sans aucune preuve, d'ailleurs ; vient-elle du Caucase, comme le pense générale-

i

ment, semble-t-il, l'opinion la plus en vogue aujour-
d'hui, tout aussi peu défendable que la première ;
au contraire est-elle autochtone ? Ces questions
sont sans doute très importantes, mais il n'entre pas
dans notre plan de les discuter en détail. Les curieux de science ethnographique verront, par l'étude
des ouvrages de savants arrivés au même résultat
par des moyens différents, comme M. d'Arbois de
Jubainville, par la linguistique, et M. A. Bertrand,
par l'archéologie, que le peuple français est de
race presque pure. Ils trouveront dans les ouvrages
de De Grave, de d'Omalius d'Halloy, de Bodin, de
Becan, de Bouché, de Nougarède de Fayet, de Lan-
glet-Mortier et Vandamme, de Cailleux, de Saint-
Yves d'Alveydre entre autres, c'est-à-dire de ceux
qui ont plus ou moins entrevu et compris la Tradition Celtique, la preuve de l'origine Celtique, de
la civilisation de la race blanche et de l'origine
occidentale de cette race.

Néanmoins, nous devons dire quelques mots de
nos origines.

.•.

§ 2. — Origines. — Des prétendues migrations. —
Des Romains

Alors qu'en 54 avant Jésus-Christ, César, après
avoir semé la division dans la Gaule, vint y répandre le sang, nos aïeux ne se doutaient guère qu'un

jour viendrait où leurs fils les traiteraient de barbares et feraient l'apothéose de leurs vainqueurs.

La France est profondément injuste envers ses
aïeux. Elle considère la Gaule avant l'invasion
romaine comme un néant, et porte aux nues les Romains, ce peuple qui ne sut que détruire et dont le
nom devrait être au ban de l'histoire. Dans les arts
et les lettres comme dans leurs institutions et leur
religion, ils ne furent que des plagiaires copiant
avec plus ou moins d'habileté la forme, incapables
de pénétrer jusqu'aux idées, incapables d'en concevoir eux-mêmes. Ils sont si éloignés de la spiritua-
lité de nos aïeux, en qui est inné le sens du Divin et
de l'Immortalité, qu'ils reprochent aux Gaulois et
aux Juifs d'avoir des dieux qu'ils ne connaissent
point. Leur esprit borné ne peut séparer l'idée de
Dieu d'une image. C'est le peuple des mots et des
faits, incapable d'abstraire l'idée de son symbole.

Lorsque César pénétra en Gaule, l'union des confédérations celto-gauloises était compromise. Les invasions gauloises, l'affaiblissement du pouvoir, sinon
de l'autorité des Druides, qui avaient dû le parta-
ger avec l'Aristocratie militaire, la lutte continuelle
des principales confédérations pour la conquête du
pouvoir suprême, facilitèrent singulièrement la besogne de César, qui intervint d'abord en Gaule en
diplomate habile à préparer les voies du conquérant.

L'une des causes des querelles intestines en Celtique fut l'invasion de ceux qu'on appelle, tantôt Ki-
mro-Belges, tantôt Galates, ou Gaulois, proprement
dits. Les Gaulois, de même race que les Celtes, s'é-

taient établis en Celtique entre le v^c et le vi^c siècle avant J.-C. Quant à l'hypothèse d'une invasion kimrique au iiie siècle, elle n'est plus admise aujourd'hui. En outre le mot Kimry, qui veut dire « compatriote », et dérive d'une racine qui signifie union, n'a jamais désigné spécialement une race ou un peuple. Certains savants pensent aujourd'hui que la race autochtone n'est pas la race celtique, que les Celtes furent au contraire des envahisseurs, comme les Gaulois plus tard.

Y eut-il réellement en Occident un peuple autre que les Celtes ? Le grand peuple aryen, d'origine orientale, dont les premières tribus auraient envahi l'Europe occidentale vers le xive siècle avant notre ère, a-t-il existé ailleurs que dans l'imagination des savants, et les Celtes sont-ils une branche de ce peuple ? En un mot, notre civilisation est-elle d'origine orientale, ou au contraire les Celtes sont-ils victimes d'une formidable erreur ? N'étaient-ils pas autochtones ? N'auraient-ils pas rayonné la civilisation chez beaucoup de peuples qu'on veut leur donner pour maîtres ? Quand bien même nous serions obligés de reconnaître que la grande civilisation de l'époque dite néolithique, la civilisation qui éleva les monuments mégalithiques, serait l'œuvre d'une race toute différente de la race celtique, il n'en est pas moins vrai et admis par tout le monde que la civilisation antérieure aux Romains était purement celtique.

Ceci étant reconnu, on peut considérer comme secondaire l'étude de l'ère préhistorique. Néanmoins, cette étude a son importance. Il est aussi utile de connaître les origines d'une race pour en pénétrer l'âme et en entrevoir les potentialités, l'avenir, qu'il est nécessaire au médecin de connaître les antécédents héréditaires et personnels d'un malade pour diagnostiquer son affection et en pronostiquer les suites.

On admet aujourd'hui, d'une façon générale, qu'un peuple dit aryen ou indo-européen, venu d'Orient par bandes successives, a commmencé à envahir l'Europe au xxe siècle selon les uns, au xiiie ou xive siècle avant notre ère, selon les autres. Ce qui est prouvé c'est que sur une bande de territoire allant de l'extrême Europe à l'extrême Asie, on a trouvé les traces de peuples dont les langues sont tellement voisines qu'elles ne peuvent appartenir qu'à une même race. Les migrations sont incontestables ; mais il est loin d'être prouvé que l'Asie soit le point de départ de ces migrations. Cette hypothèse n'a même pour elle aucune preuve positive.

Beaucoup s'obstinent à faire de nous des Orientaux d'origine, quand l'Histoire nous prouve, ainsi que le fait remarquer Omalius d'Halloy, que ce fut toujours l'Europe qui colonisa l'Asie. L'Oriental immobile a-t-il pu être le père de l'Occidental à l'activité puissante, à l'évolution rapide ?

Les Druides disaient qu'une partie de la nation gauloise était indigène : ils voulaient parler des Celtes proprement dits ; que des colonies étaient venues d'îles éloignées : c'est aux Ibères ou à d'autres Atlantes qu'ils faisaient allusion ; enfin qu'une troisième partie était venue d'au delà du Rhin ; ces derniers étaient les Galates, ou Celto-Belges. Les Druides se disaient eux-mêmes autochtones, alors que les sages des autres nations se disaient étrangers. De nombreux auteurs ont fait de l'Europe occidentale le berceau de la race blanche, s'accordant, sur ce point, avec les traditions.

Un volume suffirait à peine pour exposer les arguments qui militent en faveur de l'origine celtique de la civilisation de la race blanche. Disons seulement combien est vacillante la conviction des savants officiels qui défendirent la thèse contraire.

Au début de notre siècle, on croyait que le sanscrit était la langue-mère des anciennes langues occidentales ; aujourd'hui ou considère les unes et les autres comme dérivées d'une langue commune aux Indo-Européens primitifs. On plaça de même le centres des prétendues émigrations aryennes dans l'Inde, puis dans le centre de l'Asie. Aujourd'hui, on tend de plus en plus à rapprocher de l'Occident le point de départ de ces migrations. C'est ainsi que, d'après M. S. Reinach, « l'hypothèse que la civilisation aryenne primitive a eu pour berceau le sud et l'est de la Russie actuelle... paraît aujourd'hui rallier le plus grand nombre de suffrages ». Enfin, M. A. Bertrand reconnaît que « les recherches faites sur le lieu de diffusion des langues aryennes n'ont pas abouti à des résultats décisifs ».

Les savants qui admettent l'invasion relativement récente des Celtes en Europe occidentale ont dû attribuer aux Ligures ou aux Ibères la civilisation qu'ils considèrent comme antérieure aux Celtes. On a donné à ces deux peuples à peu près toutes les origines possibles, et la question est loin d'être élucidée. Cependant les Ligures semblent n'être autre chose qu'une confédération de Celtes surtout navigateurs, plus ou moins mélangés aux débris de la race rouge et peut-être de la race noire, n'ayant jamais eu d'influence que dans le sud-est de la Gaule et en Italie ».

Quant aux Ibères, ils n'étaient pas, ainsi que l'ont soutenu Pelloutier, Cailleux, Lemière, des Celtes purs ; ils descendent de Celtes qui fusionnèrent à une époque lointaine, comme les Ligures, avec des peuples appartenant aux races qui précédèrent la race blanche, principalement avec la race rouge. Mais le nom que leur donnent les Anciens est celtique, et, si leur langue que l'on retrouve aujourd'hui assez pure dans le Basque, diffère assez des langues celtiques « pour ne pas être placés dans ce groupe », elle a néanmoins des liaisons intimes avec les langues celtiques proprement dites et avec le Grec et le Latin. (Edwards).

Enfin, ce peuple qui aurait dominé toute la Gaule préhistorique et qui formerait encore aujourd'hui le fond des populations de la France, n'aurait laissé aucune trace de ses croyances.

Il est impossible, en effet, de distinguer dans la religion des Celtes, les traces d'une religion antérieure différant essentiellement de la leur. S'il y a une grande ressemblance entre les croyances et les pratiques des Tartares actuels et la religion des anciens Celtes, plutôt que d'en conclure qu'un peuple touranien précéda les Celtes en Gaule et conserva sa religion sous la domination de cette race nouvelle, nous concluerons que Celtes et Scythes, à une époque lointaine, unis par une civilisation et une religion communes, ne formaient qu'un seul peuple. Une réflexion de M. Bertrand prouvera combien est artificielle la distinction entre les religions des Aryens et celles des Touraniens. A propos des pratiques magiques, du culte des pierres, des sacrifices humains et des cérémonies solsticiales, il insiste sur la généralité de « ces superstitions, ces pratiques, ces traditions... soit dans le groupe touranien, soit dans le groupe aryen ». De la langue de ces soi-disant Préceltes, aucune trace. Il est inexplicable qu'aucun mot de leur langue ne soit resté dans le celtique et le français par suite, les Celtes étant dit-on beaucoup moins nombreux qu'eux, tandis que nous voyons plus tard les Francs adopter la langue du peuple qu'ils vainquirent et n'y laisser que de faibles traces de la leur. On objecte que la forte organisation de l'enseignement des communautés druidiques amena l'abandon de la langue antérieure pour le celtique, alors que, par une contradition flagrante, on reconnait que l'influence du druidisme sur le peuple fut à peu près nulle. Certains auteurs aujourd'hui tendent même à rapprocher sensiblement de l'ère chrétienne (ii\ ou iii\ siècle) l'apparition du druidisme en Gaule. On se demande alors comment de peu nombreux envahisseurs ont pu imposer leur langue à un peuple barbare et y réussir à un point tel qu'au bout de 600 ans la langue de ce peuple était disparue sans laisser de traces pour faire place aux divers dialectes celtiques.

On dit encore que la révolution dans le langage lors de l'arrivée des Aryens en Europe occidentale, est semblable à la révolution amenée dans le langage par la conquête romaine. A cela nous répondrons qu'il s'en faut que la langue française soit exclusivement fille du latin. Les termes, dit Bergier, qui concernent les arts mécaniques, le langage des artisans, l'art militaire, la navigation, les liaisons du discours, les mots qui expriment les choses du premier besoin, c'est au celtique que nous les devons. Ce n'est pas au latin, ajoute Bergier, que nous devons « la syntaxe de notre langue, qui n'a aucun rapport avec la construction latine », et « c'est la syntaxe qui fait le caractère distinctif des langues ». Le français néanmoins ressemble beaucoup plus au latin qu'au celtique, la chose n'est pas contestable. Mais l'enseignement romain en Gaule n'eut d'action que sur l'aristocratie. Ce n'est point, on l'a dit souvent, du latin de Cicéron, que dérive en partie le français, mais du bas latin des apôtres de l'Evangile, dont l'étonnante activité eut pour aide les aspirations de nos pères, et le dégoût que leur inspirait la basse idolâtrie introduite par les Romains en Gaule.

D'autre part, si beaucoup de mots français nous semblent d'origine latine, c'est que le latin lui-même possède des mots dérivés du celtique. Pelloutier, dans son *Histoire des Celtes*, un livre trop oublié, comme le dit justement M. Bertrand, donne une liste de mots communs au latin et au celtique. On sera d'ailleurs complètement édifié en parcourant l'ouvrage d'Edwards sur les langues celtiques.

C'est que les fondateurs de Rome, cette « troupe de gens ramassés » (Pelloutier), cette association de brigands ambitieux, étaient composés de Celtes proprement dits, premiers habitants de l'Italie, de Grecs et d'Etrusques. Au début, ils furent tenus en respect par les anciens habitants du pays, par les Celtes-Sabins et par les Etrusques, qui s'opposèrent tant qu'ils le purent, au nemrodisme des Romains. Mais, après Numa, le prêtre, l'initié, qui leur fut imposé comme roi, les Romains secouèrent leur joug. Plus tard, ils avouaient que leurs pères avaient jadis payé tribut aux Etrusques.

Nous avons dit que les Romains n'avaient jamais été que des plagiaires en littérature comme en art. Mais si l'on peut appeler art le massacre habilement préparé et exécuté on peut dire qu'ils déployèrent du génie en cet art. « Les Romains, dit Montesquieu, se destinant à la guerre, et la regardant comme le seul art, ils mirent tout leur esprit et toutes leurs pensées à le perfectionner ». L'Être collectif romain, ce vampire né et vivant de sang et d'ambition, eut un digne instrument en César, l'un des plus grands fléaux de l'humanité, que l'on appelle un grand homme, parce qu'il fit le mal avec génie. « César, ce grand ennemi de notre race, qui massacrait, impassible, tout le Sénat des Vénètes et vendait à l'encan ses prisonniers ; César, qui renfermait dans les sombres cachots de Rome la Grande, Vercingétorix, l'immortel Arverne et lui faisait endurer six longues années de torture pour le réserver à la pompe de son triomphe » (du Cleuziou). Tel fut le peuple qui asservit nos pères. Et c'est ce peuple, que sur les bancs des écoles, on impose à notre admiration. Il nous fallait apprécier à sa juste valeur ce peuple dont l'esprit d'ambition et d'orgueil s'incarna dans César. Lorsqu'on étudie la vie de César, homme politique, on voit jusqu'à quel point on doit tenir compte des assertions de César historien, en ce qui concerne nos ancêtres, qu'il était incapable de comprendre et de juger.

Mais devant cette affirmation de la pureté du sang français, que deviennent les faits historiques, les invasions des Gaulois, des Romains, des Francs, des Burgondes etc. ?

Eh bien ! ces peuples ont fourni le vingtième de notre sang. Dans ce vingtième les Gaulois ont encore une large part, car lors de leur invasion en Celtique, vers le v siècle avant notre ère, ils étaient plus nombreux que ne le furent les Romains, les Francs, les Burgondes et autres envahisseurs.

De sorte que, si la Normandie, la Bourgogne par exemple, portent ces noms, ce n'est pas parce que ces régions de la Celtique furent peuplées par des Normands, des Burgondes, mais parce que des Normands et des Burgondes conquérirent ces régions et leur imposèrent leur nom. C'est ainsi que la Gaule devint la France, pour avoir été conquise par quelques milliers de Francs, et non pour avoir été peuplée par eux.

Nous ne tenons pas plus de compte des Romains que des Francs. On sait qu'il n'y eut jamais plus de trente mille colons romains en Gaule.

Nous ne sommes donc pas plus des latins que des aryens, nous sommes des celto-gaulois, au sang pur ou à quelques gouttes près.

Quand on parle des races qui ont peuplé la France cette stratification, cet amas, cette bouillabaisse que le Jacobin anti-traditionnaliste veut nous faire digérer, il semble qu'on veuille nous parler de la Provence, dont les habitants au sang mélangé dès l'aurore des âges, au sang sémite, subit ensuite de nouveaux apports d'une façon presque continuelle jusqu'à présenter à l'historien, à l'ethnographe, au psychologue, au pathologiste même, l'exemple d'une population de Métis, à l'âme pervertie, toujours prête à introduire dans la mère-patrie des éléments de corruption, de discorde et de trahison.

Nous sommes des Celtes, et des plus purs, et de race, et d'âme. L'Ame Collective Française est fille de l'Ame Celtique.

.˙.

§ 3. — De l'Ame Collective en général.

L'Ame d'une Race, d'une Nation, d'une Province, est un être collectif, né de l'Ame des individus qui ont constitué et constituent cette Race, cette Nation, cette Province ; elle est formée des aspirations, des désirs, des besoins, des volontés et des actes de ces divers groupements. C'est un dossier, un casier judiciaire, sur lequel les petit-fils ajoutent ou suppriment des aspirations ou des réalisations nobles ou basses.

Il y a analogie entre la constitution, la vie et la mort de toutes les Ames collectives. La différence n'est surtout qu'une question d'étendue et de puissance.

L'Ame d'une Nation est la nuance spéciale à cette nation, de l'Ame de la Race dont elle fait partie.

La Race donne aux diverses nations, ses filles, l'Ame collective que chaque nation modifie ensuite.

La Nation continue à nourrir cette âme et à en subir en retour l'ascendant.

Créée continuellement par la nation, reflet et résultante des aspirations des Ames Individuelles, elle en est encore l'inspiratrice et la muse.

L'Ame d'une collectivité peut agir d'une façon particulière sur les individus. Elle peut, pour ainsi dire, s'incarner en ceux dont l'âme comprend le mieux l'idéal de la collectivité et susciter leur dévouement à sa cause. Chez d'autres personnalités, elle peut utiliser l'exaltation du moi, l'orgueil, l'ambition, pour le plus grand bénéfice de la collectivité.

Le Caractère d'une Nation ou d'une Race, c'est la forme, ou manifestation de son âme collective. C'est le reflet de cette âme dans l'action. C'est son âme, son cœur agissant.

L'Esprit d'une collectivité, c'est sa façon de voir,

de comprendre les choses, c'est son cerveau agissant.

Une nation peut s'être fait son âme. Une nation, c'est une Race historique : les individus y ont des amours et des haines, des souvenirs et des désirs, des besoins communs.

L'Ame française n'est pas seulement le produit d'une race historique. Fille de l'Ame Celtique, elle a pour base cette âme de la Race Celtique, race physiologique, au sang presque complètement pur.

. .
. .

§ 4. — De l'Essence et des Eléments de l'Ame Française.

La Race Française étant le résultat de la fusion des Celtes et des Gaulois, les apports des autres races ou sous-races pouvant être considérés comme négligeables, l'Ame Française est composée de deux éléments : l'élément Celtique, de beaucoup le plus important, et par le nombre et par la puissance, et l'élément Gaulois qui est le plus apparent et semble dominer l'autre, mais ne le domine que superficiellement.

Le Celte et le Gaulois étant de même souche, ont la même Ame collective, et, par conséquent les qualités qui les différencient sont plutôt dans l'action, la réalisation, que dans l'essence de l'âme.

Comme les âmes individuelles, les âmes collectives sont polarisées, et les âmes collectives sont polarisées entre elles. Aux pôles des âmes collectives terriennes sont placées l'Ame Celtique et l'Ame Extrême-Orientale.

L'Hindou veut unir son âme à l'Ame Universelle ; il fuit comme un mal la différenciation ; il veut se dévêtir de sa personnalité et de sa volonté propre : il veut s'évaporer, il aime la mort.

Le Celte, au contraire, et ici, sur ce point capital, le Gaulois ne diffère pas du Celte, le Celte au contraire, a le désir, le besoin et par suite la volonté de développer, d'exalter sa personnalité et sa volonté propre, qu'il veut conserver et développer jusque dans la mort ; il veut concentrer son être ; il aime la vie.

Le sceau de Salomon peut symboliser le Celte et l'Hindou, le Celto-Chrétien et le Boudhiste. Le triangle dont la pointe est en haut, c'est le schéma des désirs de l'Hindou. Il part du point, ou de la personnalité, vers l'Ame universelle où il veut dissoudre son âme. Le triangle dont la pointe est en bas est le schéma des désirs du Celtes, qui veut concentrer jusqu'au point sa personnalité qu'il cultive.

Le Celte aime la vie ; son mépris de la mort n'est pas une contradiction, bien au contraire, puisque sa foi lui dit que la mort n'est qu'un passage de l'existence actuelle à une existence où sa personnalité sera plus développée encore.

Ce désir d'augmenter sa personnalité est le caractère basique du Celto-Gaulois : toutes ses autres qualités gravitent autour de lui comme centre L'idéalisme et le désir de la liberté sont les premières conséquences de ce caractère. La croyance en l'immortalité de l'âme, en l'existence de Dieu, et d'un Dieu personnel, la générosité, le dévouement, l'altruisme, l'amour de la patrie, le point d'honneur, le courage, le mépris de la mort, telles sont les croyances et le caractère communs aux frères de race que sont le Celte et le Gaulois.

Mais des différences distinguent l'Ame Celtique, fonds, nous le répétons de l'Ame française, de l'Esprit Gaulois. Les Gaulois ont pu être fort peu nombreux et avoir donné peu de substance au sang de la France, cependant leur caractère remuant et batailleur n'est pas sans avoir eu, sur les destinées de la France une grande influence. Le Celte est tenace, grave, profond, en apparence résigné, mais sa résignation est une prudence calculatrice. Il ne manque pas d'enthousiasme, certes, mais il sait le canaliser, d'habitude : c'est un feu qui couve sous la cendre, et parfois la rejette pour flamboyer. Il prend difficilement une détermination, et seulement après mûre réflexion, mais, la décision prise, l'exécution est poursuivie avec opiniâtreté.

Le Gaulois, qui a plus de confiance en lui, et n'est pas sans fatuité, entreprend plus facilement, mais se décourage plus vite. L'amour de la gloire est souvent chez lui de la gloriole.

Il est moins résigné, plus superficiel. Son courage affecte la forme d'une bravoure qui va jusqu'à la témérité. Il n'a pas l'indomptable énergie du Celte, sa suite dans les idées.

Le Celte est gai, quelque peu ironique et satirique. La gaîté du Gaulois est exubérante, plus éloignée de la sérénité et de la dignité. En Rabelais se trouvent réunis les deux caractères, la profondeur et l'ironie du Celte, et la jovialité du Gaulois. Il y a du Gaulois dans Don Quichotte, et du Celte dans Sancho. C'est au Gaulois qu'on doit les poèmes légers.

Le Celte qui désire la liberté pour lui et pour les autres, est tolérant. Le Gaulois a plus de tendance à la violence, et moins de bon sens pratique.

Le Celte conçoit, il donne la forme aux idées, le Gaulois les sème. Expansif, loquace, amoureux de l'action, le Gaulois souvent domine et efface le Celte. Qu'on ajoute à cela que le Celte s'abstient généralement d'action politique ou sociale, alors que le Gaulois s'agite perpétuellement, et on comprendra que les Français, chez qui les Celtes sont beaucoup plus nombreux que les Gaulois, soient dirigés sauf dans les circonstances graves qui les réveillent, par une poignée d'intrigants et de tribuns chez qui le sang Gaulois domine, et derrière lesquels on trouve trop souvent les éternels ennemis des Celtes.

Si le caractère Gaulois se rencontre chez l'homme politique turbulent, c'est surtout chez le savant français et le paysan qu'on rencontre le caractère celtique.

On n'en accuse pas moins de légèreté le peuple français : Léger, le paysan prudent et calculateur ! Léger, le représentant de la science française ! Il est intéressant de reproduire ici le jugement d'un socio-

logue américain sur l'esprit français : « Il n'y a pas
de plus grande erreur que de se représenter l'esprit
français comme léger et banal. J'ai entendu des ma-
thématiciens, des astronomes, des physiciens relever
l'erreur en question pour les grands départements
de leurs sciences respectives. Tout chimiste, anato-
miste, physiologiste est obligé d'être familier avec
la pensée française sur ces sujets... *L'esprit français* pénètre au cœur même de chaque problème
qu'il attaque et ne se laisse point détourner par les
obstacles pratiques. *Il a été ainsi le grand organisateur de la pensée humaine*, laissant les détails
et les embarras de frottement aux écoles alle-
mandes et anglaises. La France a ourdi la chaîne
de la science et de la philosophie, d'autres nations
la trame ». (Lester Ward, Outliness of Sociology.
Cité par Fouillée).

Le paysan peut-il être davantage accusé de versatilité ? Le paysan a peu changé à travers les âges.
Quand une idée s'empare de son cerveau et s'y fixe,
elle y germe et croît lentement ; ni beaux discours
ni profonds raisonnements ne peuvent facilement
l'extraire. On le verra dans les réunions électorales
applaudir non sans ironie, les tribuns de tous partis, qui ne réussissent pas à modifier sa manière de
voir.

L'intérêt seul dicte ses actes politiques ou sociaux.
Cet intérêt peut être personnel : il défend son droit ;
il peut être politique, et social, ou national : il défend sa tradition, l'Ame des Ancêtres parle en lui.

Le tribun, d'esprit gaulois, n'a guère d'action que

sur le Français de même esprit, facile à entraîner : aussi bien n'a-t-il de succès que dans les villes, qui attirent le Gaulois, amoureux de la vie artificielle qu'on y mène, et les métis de diverses races, en qui se combattent les diverses morales des races dont ils descendent, ayant trop de morales pour avoir une morale directrice, trop d'appétits et de versatilité pour s'en soucier.

En résumé, plutôt homme de foi et d'idéal qu'homme de raison, de synthèse que d'analyse, d'intuition que d'instinct, et plaçant toujours plus haut son idéal, tel est essentiellement le Celto-Gaulois. Nul terrain n'était plus propre que son âme à l'éclosion du Christianisme. En étudiant les croyances de l'Ame Celtique, on se convainc que la Révélation du Galiléen était bien la religion qu'attendait la Gaule.

CHAPITRE II

DES CROYANCES DES CELTO-GAULOIS ET DE L'ORIGINE RÉELLE DES CROYANCES CHRÉTIENNES

§ 1. — Croyances Celto-Gauloises

Les Celto-Gaulois croyaient à l'Immortalité de l'Ame. Cette croyance était le mobile de toutes leurs grandes actions ; elle est prouvée par les témoignages unanimes des anciens, en particulier de César, Valère-Maxime, Pomponius Mela, Lucain, Diodore de Sicile. Elle n'est pas l'apanage des Philosophes, des Druides ; elle est rivée à l'Ame de la Race.

Le gui était le symbole de l'Immortalité. Alors que le chêne se dépouille de ses feuilles à l'automne et paraît mourir, — telle est latente la nature naturante, telle est latente la Providence, — le gui, toujours vert, est l'image de la vie née de la mort, qui n'est que la vie latente.

Tel le gui se distingue du chêne, en tire sa vie, mais ne confond pas son être avec le sien tel l'homme se distingue de Dieu, dont la personnalité ne se peut jamais confondre avec la sienne.

Car nos pères croyaient que les âmes passant d'un corps dans un autre, jusqu'à ce qu'elles aient gagné par les épreuves que sont les successives existences, le droit de vivre enfin dans le lieu de Repos, qui dans le Mystère des Bardes, est appelé Cercle de Gwynfyd, ils pensaient que le Cercle Divin, le Cercle de Ceugant ne pouvait jamais être atteint par l'âme. L'âme, dans le cercle de Gwynfyd, se perfectionnait, évoluait indéfiniment, sans jamais pouvoir aborder le troisième Cercle.

Et c'est ce qui sépare la Religion Celtique, comme la Religion Chrétienne, qui la continue, des religions et philosophies orientales, où, arrivée au terme de ses épreuves, l'âme des êtres se fond dans l'Ame divine Universelle.

Le Celte tient à sa personnalité ; il tient de même à la personnalité de son Dieu, dont l'éternité n'absorbe pas les personnalités immortelles, dont l'absolu ne se confond jamais avec les êtres relatifs.

Dans les épopées et les légendes celtiques, il est souvent question de l'Ile des Bienheureux, de l'Ile Fortunée, où seuls peuvent pénétrer les héros. Cette Ile qui paraît désigner quelquefois un continent disparu, à la civilisation merveilleuse est généralement l'image du Cercle de Gwynfyd, où seules entrent les âmes purifiées. Mais c'est la même idée interprétée par des guerriers, plutôt que par des philosophes. Elle se rapproche plus de l'idée de la Walhalla que de l'idée que se faisaient de ce Cercle les Druides.

Mais ce but n'était pas atteint sans épreuves. Il fallait de grandes actions, de nombreuses existences. Après chaque existence, l'âme était jugée.

D'après les traditions des Bardes, « les Gaulois » dit
Gatien-Arnoult « croyaient à un jugement des âmes
après la mort. On disait que ce jugement a lieu chaque année, en la nuit qui précède le premier no-
vembre, devant le tribunal d'un juge (appelé Sam-
han par les Gaëls d'Irlande), dans une île au-delà de
l'Océan ». Selon Valère-Maxime, la Doctrine Celtique enseignait que les incarnations successives
étaient séparées par une période de repos.

L'Ame s'incarnait-elle ensuite sur la terre ou dans
une autre planète ?

Les Druides disaient qu'il y a des degrés entre les
âmes, ce qui signifie qu'il y a des âmes plus ou moins
évoluées et ayant subi plus ou moins d'incarnations.
Mais on ne peut rien affirmer de certain sur la
croyance des Druides à ce sujet.

La croyance générale parait être que l'âme s'in-
carne dans une autre monde « *in orbe alio* » dit
Lucain, mais que des héros ayant atteint le Cercle
de la Félicité peuvent revenir sur terre. On a reproché aux Triades bardiques de dire que certaines âmes
arrivées en Gwynfyd peuvent revenir sur la terre en
vue d'expériences, et qu'elles ne disaient pas qu'elles pouvaient revenir pour sauver les hommes. Certes, la religion de nos pères n'était pas toute d'amour
comme la religion du Christ, et il était nécessaire
que celle-ci parût pour adoucir celle-là ; mais l'espérance du retour d'Arthur, futur Sauveur de la Race
Celtique, répond à ce reproche : elle prouve que les
Celtes croyaient que des héros et des prophètes peuvent naître à nouveau et volontairement sur la
terre pour y accomplir une Mission Salvatrice.

Nos pères croyaient à l'évolution des êtres : ils croyaient que l'âme humaine partie de l'abîme, habitait des corps d'animaux avant d'acquérir la noblesse humaine. « La larve est silencieuse, dit Aneurin, avant l'arrivée du jour où elle s'élance joyeuse vers le Savoir ». Gwyon, le Père Spirituel, provoque chez l'être la conscience, la liberté, et d'une âme d'animal, fait une âme humaine.

« J'ai été marqué par Math (la nature) avant de devenir immortel », dit Taliesin. Autrement dit : J'ai évolué dans le Cycle d'Abred, dans l'animalité avant d'avoir une âme libre.

« J'ai été marqué par le voyant (Gwyon), le grand purificateur de la multitude des enfants de Math ». C'est-à-dire : pour faire de mon âme d'animal une âme humaine, Gwyon a versé sur mes lèvres le breuvage de l'Immortalité (l'Ame Spirituelle), contenue dans la coupe dont il a la garde, la coupe de Koridwen (la mère divine dont le symbole est le vase).

Gwyon est le médiateur qui rachète l'homme et lui tend la coupe d'Immortalité.

Les légendes et les épopées irlandaises nous ont conservé le souvenir de la croyance à la réincarnation. On y reconnaît même la croyance à la réincarnation sur la terre, et de plus à la régression de l'âme dans un corps d'animal. Tuan Mac Cairill (voir le cours de Litt. Celtique de M. d'A. de Jubainville) racontant à Saint-Finnên l'histoire primitive de l'Irlande, lui dit que le premier peuple qui habita l'Irlande ayant été détruit par une épidémie, il restait seul survivant quand Nemed prit possession de l'île.

Tuan, affaibli par l'âge et la souffrance, se réveilla un matin changé de forme : il était devenu cerf. Après une longue existence, il revêtit successivement le corps d'un sanglier, d'un vautour, d'un saumon, et, enfin, d'un homme, et assista ainsi à tous les évènements qui se déroulèrent en Irlande.

Mongân, roi d'Ulster au VIᵉ siècle, était la réincarnation du célèbre Find (le Fingal d'Ossian) mort deux cents ans auparavant. Il avait pour père apparent le roi Fiachna, mais il était fils « d'un dieu, d'un de ces personnages surnaturels qui, suivant la croyance gauloise rapportée par St-Augustin, sont amoureux des femmes des hommes. » (d'A. de J.). La déesse Etain naît d'une façon miraculeuse. Elle tomba dans une coupe d'or contenant de la bière, et la femme qui but la bière devint enceinte et accoucha d'Etain neuf mois après. Rappelons que Merlin qui exista réellement, mais qui est aussi le symbole de la transformation de la Religion Celtique en Religion chrétienne, passait pour être né d'un génie et d'une vierge, à laquelle il apparut sous la forme d'une tourterelle, et nous verrons que le dogme chrétien de l'incarnation du Dieu-Homme dans le sein d'une vierge était en germe dans les croyances celtiques.

Le célèbre barde gaulois Taliesin, dans un chant célèbre, raconte les transmigrations de son âme.

Les légendes bretonnes parlent d'âmes qui s'enfuient sous la forme d'oiseaux, de souris blanches, de moucherons ; dans l'une d'elles, rapportée par A. Le Braz, six enfants morts apparaissent à leur mère ;

cinq, morts sans baptême, sous la forme d'écureuils, et l'enfant baptisé, seul, sous la forme humaine. L'Ame sanguinaire du roi des Korètes, dit une légende galloise, s'échappa de son corps sous la forme d'un animal. En Bretagne, on dit que l'âme des criminels passe dans le corps d'un chien noir. Et peut-être les fêtes du Moyen-Age, où l'on revêtait des peaux d'animaux et des masques, avaient-elles originairement pour but de rappeler à l'homme que son âme avait habité des corps d'animaux, de le garer du danger d'une existence criminelle, la régression, et de se réjouir d'être sorti victorieux des premières épreuves.

Ces épreuves, qui menaient au Cercle de la Félicité, étaient d'autant plus abrégées si l'homme se sacrifiait à une cause.

L'idée de sacrifice et de substitution est encore une idée Celtique.

Jean Reynaud insiste sur ce fait qu'on ne livrait pas les criminels à la mort, alors que leur âme était encore souillée de leur crime, mais cinq ans après. Il y a deux conséquences à tirer de cette coutume.

1° Nos pères ne voulaient pas envoyer une âme criminelle « infecter ailleurs l'univers ». (J. Reynaud).

2° Ils voulaient éviter à cette âme une réincarnation inférieure, une régression et lui donner le temps de se réformer.

Mais les criminels seuls n'étaient pas sacrifiés.

Les triades bardiques nous disent que l'un des moyens de racheter son âme consiste à se sacrifier *volontairement* « pour le soutien de vérité et de justice ». (Triade XIV).

Le Christ, qui se sacrifiera pour l'humanité, accomplira divinement une œuvre celtique.

Le Cercle de Gwynfyd, ou de la Félicité, est le seul que l'homme peut atteindre, avons-nous dit, selon le Mystère des Bardes, écho fidèle de la philosophie des Druides. Le Cercle de Ceugant est le cercle du Dieu Unique, car c'est encore chez nos ancêtres que nous trouvons cette notion. Même dans la Religion populaire, qui avait ses prêtres particuliers, indépendants de la classe des Druides, le plus grand des dieux appelé soit Teut, soit Bel, soit Esus, puis, à l'époque gallo-romaine, Dis ou Dispater, et dont les attributs sont, soit la Roue Celtique, soit le Vase et le Marteau, est réellement Dieu Unique, les autres dieux n'étant que des génies, des esprits des éléments.

Les historiens nous rapportent que les Gaulois se prêtaient de l'argent remboursable dans un autre monde, qu'ils jetaient dans le feu funéraire des lettres qu'ils pensaient être lues ensuite par le mort, et que parfois, dans l'espoir de revivre avec lui, des parents et des amis se jetaient sur le bûcher. Enfin, il n'est pas jusqu'à la croyance aux revenants, si profondément ancrée dans l'âme populaire, qui ne soit une survivance de la Religion Celtique.

D'après ces croyances de nos ancêtres : Unité de Dieu, au moins dans la classe élevée, immortalité de l'âme, possibilité à un être supérieur de s'incarner dans le sein d'une vierge pour accomplir une

mission sur la terre, on voit combien sont nombreuses les analogies entre leur Religion et la Religion
Chrétienne.

Les Druides, qui adoraient la *Vierge qui doit en-
fanter*, disaient que lorsque disparaissait de la
terre un de ces êtres supérieurs qui s'y incarnaient
volontairement, d'épouvantables tempêtes écla-
taient.

. . . .

« En même temps le voile du temple se déchira
en deux, depuis le haut jusqu'en bas ; la pierre
trembla, les pierres se fendirent ». (Mathieu XXVII).

Et cependant, on fait naître le Christianisme du
Judaïsme, l'Evangile de la Bible !

. . .

§ 2. — Croyances Celtiques et Croyances Sémitiques.

En effet, la Religion des Sémites en général,
sans en excepter la Religion des Israélites, est,
comme les caractères des deux races, en opposition
complète avec la Religion Celtique.

Si la critique peut trouver douteux le monothéisme de la religion populaire de nos pères, elle ne
peut douter de celui des Druides ; en revanche le
polythéisme des Hébreux avant la captivité de Babylone est parfaitement établi aujourd'hui.

Nous ne pouvons étudier ici en détail la Religion
d'Israël, et montrer les erreurs que les Juifs sont
parvenus à faire adopter comme vérités par les Cel-

tes. Il est prouvé que l'auteur de la Bible que nous connaissons est Esdras, et que ce livre dit sacré date de la captivité de Babylone. On a donc attribué à Moïse, personnage légendaire, ce soi-disant sage conducteur du soit disant peuple de Dieu, qui dans le chap. XVI de Nombres, ordonne à son peuple de massacrer les femmes et les petits enfants des Madianites, on a donc attribué à Moïse des livres récemment rédigés par un homme qui avait tout intérêt à cacher à son peuple, autant qu'il était en son pouvoir, les horreurs de son histoire. Mais les faux d'Esdras ne sont pas tellement habiles qu'on ne puisse les constater facilement, et conclure que la vraie religion d'Israël, avant la captivité, était le polythéisme commun à tous les peuples de Race Sémitique.

« La religion polythéiste, dit Joseph Halevy, cité par Jules Soury, était commune à Israel et aux autres peuples sémitiques. *La Bible est une œuvre de polémique dirigée contre les croyances nationales des Hébreux...* La plus grande erreur que l'on puisse commettre à cet égard, c'est de considérer les opinions énoncées dans ces écrits comme l'image des croyances populaires et nationales ».

La Genèse elle-même, qu'on croit souvent le patrimoine des Hébreux, ne leur appartient pas plus en propre que les doctrines monothéistes et s'ils ne la prirent point en Misraim (qui n'est pas du tout l'Egypte que nous connaissons, où les Hébreux ne séjournèrent jamais), peut-être prirent-ils la Genèse aux Chaldéens et aux Perses, comme ils prirent à ces derniers le monothéisme.

Tridon fait remarquer que le drame de l'Eden est semblable aux traditions des Perses sur le Cyprès Pyramidal. Le déluge de Noé ne leur appartient pas davantage. C'est une version du déluge du Xisuthrus Chaldéen et du déluge du Noé celtique, Nevydd Nav Neivion, dont le navire portait un mâle et une femelle de chaque espèce d'animaux quand se rompit l'étang de Llion. Maurice Vernes, dans sa notice sur d'Eichtal, dit que le récit de la création date du temps de la captivité de Babylone, sinon d'une époque plus récente encore. En effet, c'est dans les livres dits de Moïse et de Josué que la langue est la plus parfaite (Ghillany).

Quand Jéhovah revient de Babylone, c'est en réalité un dieu étranger pour les Juifs, un Dieu qui est le Dieu de Cyrus et non plus le Dieu d'Israël.

La Bible, qui se coupe souvent, appelle parfois dans les chroniques et dans Erdras, Jéhovah Dieu de Cyrus.

C'est le Dieu des Chaldéens et des Mages, Dieu unique, ce n'est plus le sanglant Jéhovah des Israélites.

L'attribution du Pentateuque à Moïse est une « pieuse fraude » d'Esdras, qui voulait à tout prix empêcher les Juifs de retourner à leurs traditions, à leur véritable religion racique et nationale. « Une codification édictée pour les Juifs du v⁰ siècle fut placée dans les âges, aux origines de la nation sous le couvert d'un prophète fabuleux devenu par enchantement le créateur et le législateur d'Israël... Et, afin de rendre plus impossible encore tout pas et tout regard en arrière, Esdras, aidé de l'autorité du sabre des Perses, n'hésita pas à substituer à l'antique alphabet les caractères chaldéens qu'il rapportait de Babylone ». (Tridon).

Tout, en effet, dans le Pentateuque, est du vᵉ siècle : « Vous pouvez lire le livre des Juges en entier et les deux premiers livres des Rois, sans vous douter, je ne dis pas seulement des lois, mais même de la personne de Moïse... Ce n'est qu'au bout de dix siècles que le fondateur de la nationalité hébraïque surgit magiquement de toutes pièces, avec légendes, législation, odyssée », (Tridon). Les prophètes n'ont pas connu de Moïse législateur, sauf ceux qui viennent après l'exil de Babylone, et jamais ils ne citent le Décalogue.

Ainsi donc, si les Juifs n'ont pas pris la Genèse aux Celtes, ils la possèdent en commun avec eux et ils ont pris aux Celtes-Perses le monothéisme. Ils leur ont pris aussi, outre l'immortalité de l'âme, les anges du bien et du mal. La Kabbale elle-même est chaldéenne et Perse, c'est-à-dire celtique d'origine, et il n'y a de Juif dans la Kabbale, que les subtilités rabbiniques.

Les prophètes, que nous voyons lutter contre le polythéisme hébreu étaient des celtisés ; ils voulaient imposer le monothéisme aux Juifs, qui retournaient toujours aux dieux des peuples de leur race. Les prophètes étaient donc des révolutionnaires. Ils n'allaient point jusqu'à prêcher l'immortalité de l'âme, cependant, et en cela ils étaient politiques. Ils avaient plus de chances de succès, auprès d'un peuple à appétits exclusivement matériels, à parler d'un Dieu qui les récompenserait sur la terre, qu'à parler d'une vie ultra-terrestre, à la croyance de laquelle ils étaient si peu préparés. Leur orgueil d'autre part, ne pouvait que s'exalter, à voir les prophètes faire le Dieu unique du Dieu préféré parmi leurs dieux nationaux. Mais il fallut pour cela une longue captivité favorable à l'oubli de la religion traditionnelle.

La question d'immortalité ou de non immortalité de l'âme importait si peu aux Juifs, que même dans la Bible, dont la rédaction et l'arrangement sont récents, elle tient une place insignifiante si tant est est qu'elle y soit. « Les allusions à l'immortalité de l'âme, dit l'ancien rabbin Drach, que l'on a prétendu remarquer dans la Bible, sont en réalité bien vagues et en petit nombre ».

Les morts sont appelés ceux qui descendent dans le silence ; Il n'y a plus « dans le Schéol où tu vas, nous rappelle Qoeleth, ni œuvre ni prudence, ni science ni sagesse » (Soury). Qu'est-ce donc qu'une telle immortalité, sinon le néant ? Qu'est-elle, je ne dirais pas en comparaison de la grande croyance des Celtes des Gaules, qui en est si éloignée, mais en comparaison des croyances Gréco-romaines ! « Les Israëlites, dit Péladan, n'ont d'autre vue sur l'au-delà, que le morne trou du Schéol, mais les Champs-Elysées et les Enfers, toute la mythologie tant décriée, proclament une vie future, sanction de la vie terrestre. ». Certes, la Mythologie des Grecs et des Romains était moins matérialiste que la Religion Nationale des Hébreux. Grecs et Romains, il est vrai, avaient, comme tous les peuples méditerranéens, du sang sémite dans les veines, mais ils étaient Celtes d'origine. Voilà pourquoi ils n'avaient pas perdu complètement la notion de l'Idéalisme et du Spiritualisme. « Jérémie, quand il menace, ne parle que de peines terrestres, et les psaumes sont remplis de passages qui combattent l'immortalité de l'âme », dit Ghillany, et Jérémie ne connaît même pas le Schéol, « Le passage d'Isaie : « Les morts vont revivre, mes cadavres ressusciteront : réveillez-vous et soyez joyeux, ô habitants de la poussière ! » y est évidemment intercalé, car le même Isaie, 26,14, s'écrie : « Les défunts ne vivront plus et les ombres ne ressusciteront pas » (Ghillany, dans Everbeck.)

Comme le dit avec raison M. J. Derenbourg, qui est juif, « la vie de Rephaïm, ombres du Schéol, de ces êtres faibles et sans ressort qui n'ont qu'une existence apparente, » n'est qu' « une triste transaction entre la mort complète et la vie éternelle. » Selon le même auteur, ce serait bien plus tard encore que la captivité de Babylone, que les juifs auraient adopté la croyance à l'immortalité, et cette croyance ne serait « qu'un emprunt fait à la philosophie de Platon, répandue par les Grecs à Alexandrie, après la conquête d'Alexandre et de ses successeurs. » Quoi qu'il en soit, Ezéchiel rapporta cette notion nouvelle de l'exil de Babylone, car il parle, (Ch. 37. II.) de la résurrection des morts ; mais il semble que, ainsi que le remarque Ghillany, cette résurrection ne s'applique qu'aux Hébreux seulement.

Ne pouvant étudier en détail toutes ces questions,

nous renvoyons le lecteur aux livres qui en traitent et que nous énumèrerons à la fin de ce volume.

Mais nous ne pouvons les toucher sans dire un mot de la Bible, telle qu'elle nous est parvenue, et d'en comparer brièvement l'esprit à l'esprit Celto-Chrétien.

∴

§ 3. — Les Celto-Chrétiens en face de la Bible.

Les rabbins, dit Drach, soutiennent que « si le christianisme était vrai, Dieu aurait changé sa loi, ce qui serait absurde à dire ». « Les derniers Kabbalistes vivants, dit Peladan, esprits d'une rare puissance et d'une connaissance sans égale de la matière, m'ont déclaré qu'ils condamneraient encore aujourd'hui Jésus au nom de la Thora, en sécurité de conscience et de science et cela enlève le dernier doute sur l'antagonisme des deux testaments ».

Il y a en effet absolue opposition entre la Bible et l'Evangile, l'esprit sémite et l'esprit celtique, entre le Dieu de l'Evangile et le Dieu sanguinaire et féroce de la Bible qui n'est satisfait que lorsque grillent dans le fourneau de son idole de bronze les premiers-nés des hommes et des animaux, et qui ne craint pas de rappeler à ses fidèles, quand il annonce ses vengeances, que l'on verra bien que son nom est Jéhovah. La racine hébraïque de ce nom a un sens double : si elle signifie la vie, elle signifie aussi ruine et calamité.

« La doctrine du Christ et le Nouveau Testament, opiniâtrement repoussés par les Juifs, et auxquels les Sémites demeurèrent réfractaires, sont visiblement aryens ». (Ed. Picard). Au lieu « d'aryens », nous dirons Celtes, parce que le peuple aryen est un pur mythe. « Jésus et la Loi, dit le même auteur, sont, pour Paul, deux choses opposées. » Vous n'avez plus rien de commun avec Christ, dit St-Paul, vous qui cherchez la justification dans la Loi ; par cela seul, vous êtes déchus de sa Grâce ».

« Comment un Pascal, s'écrie Peladan dans « l'Occulte catholique » a-t-il pu trouver dans les prophéties d'Israël la preuve de la divinité du Christ ? Il n'est pas d'invraisemblances, de folies, d'inutiles et absurdes miracles qu'il ne faille justifier pour souder les livres d'Israël au Livre Universel ».

L'insuccès de la religion du Christ auprès des peuples Sémites n'a pas lieu d'étonner, et St-Paul le comprit en faisant œuvre d'apôtre au milieu des peuples de race celtique.

Chose remarquable que de voir Jésus naissant dans la nation Juive ! Pourquoi donc ne s'incarnat-il point chez les peuples de race celtique, dont le premier de tous devait être le fils aîné de son Eglise ?

C'est qu'il fallait que Jésus fût sacrifié.

« Quelle autre raison, dit Peladan, eut Jésus de choisir Jérusalem, que la cruauté fanatique de ses habitants ?... Il fallait des brutes plus féroces que des sauvages, des brutes telles que le fanatisme sémitique seul en produit, il fallait de futurs mahométans, il fallait la race de Mohammed pour que

l'agneau de Dieu fût sacrifié... Un seul homme a
pitié, le latin Pilate, l'aryen ; il veut délivrer Jésus,
il l'essaie à plusieurs reprises ».

On a peine à croire, en outre, que Jésus né en
Judée soit de race juive. « L'Homme-Dieu, dit
Edmond Picard, ne l'a été que pour les nations
aryennes, et c'est ce qui fait naître cette pensée jus-
tifiée au surplus par l'allure et le sentiment du Nouveau-Testament comme par la vie du Christ, que
c'est sous la forme humaine aryenne qu'il manifesta
sa divinité sur la terre, naturelle coïncidence quand
on réfléchit qu'il était né en cette Galilée, considérée
par les Hébreux eux-mêmes, comme une terre de
mélange largement habitée par l'étranger, par le
Gentil ».

En effet, non seulement Jésus n'a pu être Juif, mais
il est moralement comme homme, le Celte-type.
C'est même le type physique celtique, que, dans leur
intuition, les artistes qui ont tracé la figure du Christ
ont exclusivement donné à cette figure, et selon
Francis André, à qui cette médaille a inspiré de si
curieuses déductions, le profil du Christ de la médaille du Campo dei Fiori est le profil d'un Celto-
Lybien, et non d'un Sémite.

Non, Jésus ne continue pas Moïse, et l'Evangile
n'est pas l'accomplissement de la Bible. C'est le
Coran qui continue la Bible. « Il reprend, dit Ed.
Picard, la tradition de l'Ancien Testament, sa limi-
tation de la pensée, de la vie, de l'idéal, sa conception théologique élémentaire parfaitement adaptée
à des cerveaux bornés qui, à leur origine religieuse

sacrifièrent aux Molochs et aux Baals. Il en est la seule
véritable évolution. Il est conçu dans le même esprit
ou, plus exactement, dans le même sentiment autoritaire et violent. Il est le vrai Nouveau-Testament,
Allah continue Jahvé ». Le Coran continue même
le Talmud auquel il a emprunté son paradis.

Les Juifs s'en rendent si bien compte que Rabbi
Isaac Abarbanel affirme que les Mahométans parti-
ciperont à la rédemption du Messie, dont il exclut les
chrétiens.

Il est temps de rendre au Celte, sacrifié par l'histoire, soufflée par les Juifs aux historiens, comme
le Celte Jésus fut sacrifié par les Juifs, il est temps
de rendre au Celte ce qui est au Celte. « Quant à ces
Rothschild de l'histoire, dit Peladan, dans « Le prochain conclave », qui ont accaparé les origines du
monde comme l'or des peuples latins, qui ont drainé
la mysticité des chrétiens comme leur escarcelle,
il est temps de les chasser du temple ! »

CHAPITRE III

LE CHRISTIANISME ET L'AME CELTIQUE

En étudiant l'Ame Celtique, nous avons vu qu'elle était prête pour le christianisme, et qu'elle était vraiment le seul terrain où l'esprit chrétien pouvait s'implanter.

Que firent les apôtres chrétiens en Celtique ?

Détruisirent-ils la religion celtique, et le sacerdoce druidique fut-il son ennemi ?

On répond généralement oui.

Il y avait deux cultes en Gaule et dans toute la Celtique. le culte populaire, avec ses exagérations, ses superstitions, qui avait ses prêtres, plus ou moins officiels, sortes de schamans dont les sorciers du moyen-âge, les présidents de ventes sabbatiques, et enfin nos sorciers actuels, ont continué sans interruption la tradition et les pratiques. Le christianisme épura ce culte sans le détruire, et, après de longs siècles, nous en conservons encore des traces. Que de dolmens et de menhirs vénérés par le peuple celte sont encore aujourd'hui surmontés de croix ! « Bonne est la pierre avec l'Evangile », disaient les bardes, et, nous dit La Villemarqué, « St-Patrice por-

tait avec lui dans ses voyages, une pierre sacrée
pour dire la messe ».

Et le menhir, ou le dolmen, surmonté d'une croix,
ou portant une croix gravée dans ses flancs, c'est
le symbole de la race celtique, destinée à répandre
la doctrine de la croix par le monde, et à porter elle-
même sa croix de race crucifiée.

La religion Celtique, toute d'idéal, de foi en l'immortalité, semble avoir été, à une époque où le
druide n'était pas tout puissant, souillée d'un contact
étranger qui lui fit adopter le sacrifice humain.

Les druides, les philosophes de la pure doctrine
des triades, ceux que les philosophes de l'antiquité
considéraient comme les plus grands parmi eux, ne
purent être que les modérateurs de pratiques dont
ils n'étaient pas les instigateurs.

On nous a rapporté, dans ses détails, la grande
cérémonie druidique, où deux Taureaux blancs
étaient immolés. On sait que chez beaucoup de peuples de l'antiquité, et chez tous les Sémites sans ex-
ception, le sacrifice humain était considéré comme
le plus agréable aux dieux. Or, si dans leurs cérémonies solennelles, les druides ne sacrifiaient pas d'hommes, c'est qu'ils n'en sacrifiaient jamais de leur
plein gré, et que s'ils présidaient parfois des sacrifices
humains, c'était pour modérer des pratiques qu'ils
réprouvaient, mais que le peuple exigeait.

Ni les bardes ni les druides ne résistèrent réellement au Christianisme. Il dut y avoir un mouvement
de défiance, mais il dura peu. Néanmoins, les historiens parlent de druides rebelles au Christianisme,

et contre lesquels dut lutter St-Patrice. Il put y avoir des druides hostiles au Christianisme, ne serait-ce que pour des raisons telles que la crainte de la perte du pouvoir. Mais il se peut très bien aussi qu'il ne s'agisse pas ici de Druides. Là encore, les druides ont pu être confondus avec les prêtres d'une religion en décadence, d'origine autre que la vraie religion Celtique, avec laquelle elle s'était mêlée : les Celtes d'Irlande, surtout avaient certainement subi un contact sémitique. D'ailleurs, dans tous les pays celtiques où il y a des druides, il y a dualité de pratiques entre le schamanisme des prêtres-sorciers et la religion des druides. C'est contre ces magiciens, très probablement, que Patrice eut à lutter et non contre les bardes et les druides.

Il y avait des chrétiens en Gaule à la fin du ivᵉ siècle, bien avant St-Patrice, et ce fut vers le milieu du vᵉ siècle que furent créés les principaux monastères d'Irlande, qui envoyèrent à leur tour tant de missionnaires en Gaules.

Nous insisterons surtout sur ce qui se passa en Irlande. A l'abri des invasions, elle nous laissa plus de documents historiques que la Gaule.

Le Christianisme n'y détruisit rien. Il moralisa et accomplit. Dans son cours de Littérature celtique, M. d'A. de Jubainville nous montre la hiérarchie druidique d'Irlande transformée en hiérarchie ecclésiastique chrétienne, et M. Bertrand dans « La Religion des Gaulois », considère que les monastères qui couvrirent la Gaule en si peu de temps ne sont que des congrégations druidiques converties en masse.

En Irlande, c'est l'élément lettré et poète qui se
convertit le premier et le plus facilement au Christianisme ; le druide, qui est relégué dans les derniers
rangs de la hiérarchie, paraît avoir été en décadence
avant l'introduction du christianisme, à moins qu'en
Irlande le titre de druide ne se soit jamais appliqué
qu'à un membre des degrés inférieurs de la hiérarchie. Ce sont les file que nous trouvons au premier
rang, avec leurs chefs, les Ollamh.

Le Christianisme conquit l'Irlande en une tren-
taine d'années. Evêques et Ollamh s'entendent à merveille, bientôt se confondent ; des file deviennent
évêques, des évêques comme St-Colomban compo-
sent des poêmes en langue nationale. Ici, et dans le
pays de Galles, les centres druidiques se transfor-
mèrent en monastères chrétiens. Les file devenus
moines ne changent guère leurs travaux. « Ce n'est
pas la religion, dit A. Bertrand, ce sont les sciences,
les arts, les lettres, ce qu'enseignaient les druides,
qui sont surtout florissants : On y sait non seulement le latin, mais le grec, on y calligraphie avec
un art qui n'a jamais été dépassé. La poésie y est en
grand honneur. Comment expliquer cette supério-
rité littéraire et scientifique des monastères d'Irlande et du pays de Galles — ce ne sont point là des vertus évangéliques — si ce n'est par une survivance des
confréries druidiques ? »

Ce sont ces confréries qui composèrent les lois
savantes qui nous sont conservées dans le Senchus
Môr. C'est que les communautés druidiques étaient
beaucoup plus « des séminaires sociaux » que des

« asiles religieux ». N'ayant pas subi comme la malheureuse Gaule asservie et devenue muette, les invasions de l'étranger, le patriotisme de l'Irlandais éclate dans ce culte de la langue et de la poésie nationale. Non seulement les moines-bardes chantent toujours la gloire des ancêtres, mais dans les églises on chante des hymnes, tantôt en irlandais, tantôt en latin.

Les savants et les lettrés laissèrent de nombreux manuscrits qui furent détruits aux temps de l'invasion scandinave.

Il dut en être à peu près de même en Gaule, où beaucoup de monastères durent remplacer des communautés druidiques. Dans les lieux vénérés du peuple, sur les montagnes, près des lacs, des fontaines, des bois sacrés, des menhirs, des cromlechs et des dolmens des héros nationaux s'élevèrent d'autres monastères, des églises, des chapelles et des croix. Rarement, sauf peut-être sous le despotisme franc, les monuments anciens furent détruits ; le monument nouveau accompagna — et on peut le vérifier encore de nos jours — le monument ancien ; il ne s'éleva pas sur ses ruines. St-Patrice se fait précéder en Irlande par le barde Kiéran et lui dit de construire un monastère en un endroit où jaillit une source vénérée des druides (La Villemarqué).

En Irlande comme en Gaule, il est important de distinguer la philosophie des druides et des file, de la religion populaire. Il y autant de différence entre elles deux qu'entre les cerveaux des deux classes. Ce n'est pas dans le peuple, nous l'avons vu, que se recrutèrent les évêques et les prêtres ; la religion populaire n'était pas restée assez pure pour s'allier aussi facilement au Christianisme que la doctrine des druides et des bardes. La population de Ierné, nous dit Strabon, était misérable et sauvage.

En Irlande, le Christianisme paraît avoir introduit une réforme sociale analogue à celle que le Bouddhisme introduisit dans l'Inde. Il semble que le régime des castes existait encore en Irlande, alors que depuis longtemps il était aboli en Gaule, où tous pouvaient devenir chevaliers ou druides.

En Gaule, les saints de Bretagne, dans les premiers temps du Christianisme, sont presque tous des druides convertis ; ils sortaient pour la plupart des abbayes d'Irlande, qui essaimèrent en Gaule.

Les Celtes étaient des préchrétiens : ils trouvèrent leur personnification dans Saint-Jean-Baptiste, dont le culte est si répandu en France, et dont la fête a succédé à la fête du Solstice d'Eté, la plus importante des fêtes Celtiques. Et c'est ce saint, que par une manœuvre habile, les Templiers, qui auparavant purent être comptés au nombre des héritiers de la *Tradition de la Chevalerie Celtique des chefs au Collier d'or*, les Templiers, devenus Joannites et sémitisés par les sectes d'Orient, c'est ce saint, disons-nous, que par une manœuvre habile les Templiers et leurs successeurs les Francs-Maçons, *continuant la thèse d'une secte juive du temps des Apôtres*, opposèrent et opposent encore à Jésus-Christ, en considérant celui-ci comme un imposteur qui corrompit la doctrine de Jean-Baptiste. Par une

confusion, voulue par les uns, acceptée par igno-
rance par les autres, le Précurseur fut confondu
avec S-Jean l'Evangéliste : c'est pourquoi les gnostiques ne reconnurent comme authentique que
l'Evangile de Jean.

Les Celto-Gaulois sont les précurseurs des Chrétiens, comme S-Jean est le précurseur du Christ.

Merlin, le prophète celtique, est un homme et
un mythe.

Druide converti, il est devenu le symbole du
Celte devenu chrétien. En Merlin s'unit le génie celtique et l'esprit Chrétien. Il a pour père un esprit,
et non un homme. Ici, cet esprit désigne la lumière
incomplète de la Religion Celtique. Il a pour mère
une vierge qui lui communique l'esprit chrétien
qui le complète. La fusion des deux éléments ne se
fait pas sans combat. Son âme donne d'abord le
spectacle d'un chaos d'où sort l'harmonie.

Tout, dans le Christianisme devait attirer le Celte,
sa religion, et aussi ses mœurs. La doctrine de la
Charité devait attirer cette Race, qui avait pour
base sociale la *fraternité, le dévouement à un chef,*
origine de ce qui s'appellera plus tard la *féodalité,*
et chez qui la vénération pour la femme était une
autre loi sociale, à l'encontre des peuples orientaux
et des Juifs, pour qui la femme était une esclave.

La femme en Gaule était considérée comme l'égale
de l'homme. Elle choisissait elle-même son époux
en présentant la coupe à l'élu, dans un festin. Dans
certaines républiques celtiques, même, les femmes
formaient un Sénat consulté dans les grandes circonstances politiques.

Qu'on trouve ailleurs que chez les Occidentaux un tel ensemble de caractères, de mœurs s'adaptant à un tel point aux enseignements du Christ, qui chercha à relever la femme de la servitude orientale !

Ce respect de la femme, les Celto-Gaulois continuent à le pratiquer, quand ils sont devenus moines, à l'encontre des moines d'Orient et surtout d'Italie, où dit Cénac-Moncaut, l'entrée de certaines chapelles, aujourd'hui encore, est interdite aux femmes sous peine d'excommunication. On reconnaît bien là, dans l'Italien, le Métis de Celte et de Sémite, comme on le reconnaît aussi dans l'Espagnol de l'Inquisition.

C'est que l'Oriental ne voit que le corps dans la femme, alors que le Celte y voit un cœur.

Les peuples méditerranéens, dont le sang était partout mélangé de sang sémite, où on trouve l'esclavage, l'égoïsme, la sujétion de la femme, à la base des civilisations, étaient peu propres à accepter le Christianisme dès les premiers temps.

La terre où devait germer, croître, flamboyer, rayonner la doctrine de la charité devait être la Terre Celtique, patrie de la fraternité, du dévouement, du sacrifice. Elle ajouta à la haute doctrine que possédaient les Druides une divine étincelle qui l'embrasa.

La civilisation chrétienne n'a pas détruit ce qui était *positif*, c'est-à-dire ce qui était basé sur un principe d'amour, de fraternité et de liberté, sur un principe édificateur. Elle a détruit la civilisation romaine, parce que cette civilisation était basée sur un principe d'égoïsme et d'injustice, l'esclavage des hommes et des peuples, sur un principe destructeur.

Elle a détruit ce qui s'était donné la mission de détruire, elle a complété ce qui s'était donné la mission d'édifier.

« Les blancs moines, dit du Cleuziou, purent inscrire sans violence la croix sur le menhir, et la croyance du sacrifice et de la rédemption dans le cœur des DÉVOUÉS de la Gaule. Les *initiés* par le baptême, la communion et le baiser fraternel ne devaient-ils pas facilement convertir les INITIÉS PAR L'EAU, LA COUPE ET LA MAIN FERMÉE DANS LA MAIN ? ».

Jésus vint ajouter un rayon d'infini à l'amour du prochain que pratiquait déjà la Race Idéaliste des Celtes, Epouse désignée du Christ. Il vint adoucir ce qu'avait d'un peu outré cet amour du Celto-Gaulois pour sa personnalité, amour qui n'allait pas cependant jusqu'à l'absence de charité. Le Christianisme modifia l'intention plutôt que le fait, il vint dire au Celto-Gaulois qu'il fallait se sacrifier pour le salut des autres plus que pour son propre salut.

La loi du sacrifice substitutif ne fut pas abrogée, mais le Christ la fit passer du plan physique et psychique sur le plan spirituel.

Pourquoi encore le Celte Jésus, né en Galilée, territoire de frontière, occupé souvent par des étrangers à la race Juive, fit-il de la Judée le lieu de ses prédications ? Parce qu'il voulut se consacrer surtout à ceux qui étaient le plus réfractaires à sa doctrine, laissant à ses apôtres une tâche plus facile, et parce qu'il fallait qu'il mît en pratique, pour le triomphe de sa loi, la vieille tradition prophétique des Celtes : son sacrifice était la condition nécessaire de ce triomphe.

LIVRE DEUXIÈME

L'AME
CELTO-CHRÉTIENNE

ET

SES VICISSITUDES

A

TRAVERS L'HISTOIRE

CHAPITRE PREMIER

LES BAGAUDES. – LES CROISÉS. – JEANNE D'ARC
LES LUTTES CELTIQUES AU MOYEN-AGE

Les Celtes, peuple autochtone de l'Europe Occidentale, pères de toutes les civilisations de la Race Blanche, traversèrent des crises qui donnèrent un coup terrible à leur civilisation et à leur unité. L'invasion des Gaulois, leurs frères de race, qui paraît être une simple infiltration dont le résultat le plus sérieux fut l'importance plus grande prise par l'aristocratie militaire dans le gouvernement, fut une des moindres. Ils furent vaincus et assujettis aux Romains malgré les efforts de Vercingétorix. Maîtres de la Gaule, les Romains la bouleversent et tentent de la modeler sur leur type.

L'Ame Celtique ne faisait que sommeiller. Le Christianisme prêché en Gaule dès 160, (il n'y avait guère eu avant que des chrétiens isolés), va bientôt la réveiller, et l'inciter à secouer ses chaînes. Du sang des martyrs, va naître l'affranchissement. En 285, l'année même où Dioclétien monta sur le trône, éclata en Gaule *l'insurrection des Bagaudes*, ligue de Celto-Gaulois devenus chrétiens, dont le noyau était en Armorique. Le mouvement fut réprimé, mais la ligue subsista, et s'étendit même jusqu'en Espagne. « Elle fut, dit du Tressay, *un des éléments qui formèrent plus tard la nation française* ». Ce n'était donc pas une simple révolte d'esclaves et de paysans, comme l'ont prétendu des écrivains qui ne l'avaient pas étudiée ; ce fut une ligue dans laquelle les esclaves et les paysans jouèrent un grand rôle, exercèrent des fonctions élevées, *mais dans laquelle entrèrent également les nobles et surtout les druides.* »

Le Franc se rapproche beaucoup plus, par ses caractères raciques, du Gaulois que de Celte. Le Gaulois et le Franc ont même ceci de commun, qu'ils sont peu religieux, mais plutôt superstitieux. Mais le Franc est moins idéaliste que le Gaulois. Il accepte facilement d'embrasser le christianisme, mais c'est surtout par calcul. L'apôtre chrétien est Celto-Gaulois et non Franc.

On admet généralement que les Francs étaient une fraction de la sous-race des Germains. « St-Jérôme dit que, entre les Saxons et les Allemands, se trouve une nation qui est plus généreuse qu'importante par le territoire qu'elle occupe, que le pays qu'elle habite s'appelait autrefois Germania et s'appelle aujourd'hui Franca ». (Du Tressay).

Dans ce cas, Germain serait synonyme de Franc, comme l'a soutenu Lizeray ; les Allemands usurperaient le nom de Germains, et seraient composés d'un mélange de peuples de race scythique ou gothique.

Les Francs étaient fort peu nombreux. Lorsque Clovis se convertit, il entraîna la conversion de trois mille guerriers, de leurs femmes et de leurs enfants. Le reste, en nombre à peu près égal, le quitta pour se retirer chez Ragnacaire, autre roi franc qui régnait à Cambrai. Les Celto-Gaulois allaient, en y gagnant, d'ailleurs, changer de maîtres ; et les nouveaux, qui paraissent avoir connu le point faible de notre race, se servirent d'eux contre les Romains en les grisant du mot de liberté : nous sommes bien, on le voit, les fils de nos pères, et Cérialis n'avait point tort, lorsque s'adressant aux gens de Trèves pour les mettre en garde contre les Francs, soulevant les Gaulois contre les Romains, il leur disait : « Les Francs vous séduisent avec le mot liberté et d'autres mots spécieux *ainsi que le font toujours les usurpateurs..* », (Tacite, Hist. IV, 73).

Néanmoins, les Francs, ne traitèrent point, grâce au Christianisme qu'ils embrassèrent et dont les apôtres étaient Celtes, les Celto-Gaulois en ennemis. Sous la domination Mérovingienne, les Celto-Gaulois conservent leurs propriétés privées, les nobles leurs titres et prérogatives. Puis, cette propriété privée cesse d'être respectée, le joug devient insupportable.

Les Francs voulurent établir la monarchie sur le type de l'Empire Romain : c'était le Césarisme. Tel était leur but dès Childéric, père de Clovis, dont le tombeau contenait le Globe de Cristal, Symbole de domination adopté par les Empereurs Romains.

Avec la chute de l'Empire Germanique avec la bataille de Fontanet, en 841, le Celto-Gaulois est délivré de son second maître : le Franc. Le système féodal, d'essence celtique, où, depuis son invasion le Franc était le maître, va s'instaurer définitivement.

La féodalité française, c'est la clientèle Celto-Gauloise basée sur le dévouement à un chef librement choisi, que l'usurpation romaine avait désorganisée. La part du Celto-Gaulois dans le Pouvoir féodal, le nombre des représentants de sa race parmi les ducs, marquis, comtes, vicomtes, vidames et barons sera égale à celle du Franc, avec lequel il se confond dès lors.

D'autre part, alors que l'alleu noble, ou de concession, est une terre donnée en toute propriété par le roi à un chef, et par ce chef à un noble, l'alleu de nature, appelé alleu roturier, est la terre laissée au Celto-Gaulois, antique propriétaire du sol, par le conquérant franc, burgonde ou visigoth. Ainsi que l'a dit du Cleuziou (La Poterie Gauloise), le vrai noble de par l'ancienneté de race et le droit de propriété, c'est le Celto-Gaulois resté la plupart du temps roturier, tandis que la partie de la noblesse qui était franque était une nouvelle venue qui n'acquit ses titres que postérieurement, grâce, d'ailleurs, à des mérites et des services incontestables rendus à la cause de la France. Mais c'est l'esprit Celto-Gaulois qui prend le dessus, absorbe l'esprit franc, qui ne laisse point de traces.

Les seigneurs féodaux ne sont que les continuateurs des chefs de Clan Celto-Gaulois, et bien souvent leurs descendants.

Dès l'établissement définitif des Francs en Gaule, nous voyons ainsi répartis les représentants des peuples qui envahirent successivement la Gaule.

A la campagne, le paysan, c'est le Celte pur qui reste attaché à la terre et à la forêt, malgré les orages politiques et sociaux, les invasions ; le seigneur, c'est le Franc ou le Celto-Gaulois ; à la ville, c'est le Celto-Gaulois plus ou moins romanisé, non par le sang, car il n'y a pas lieu de tenir compte de l'apport du Romain dans le sang français, mais par la culture. C'est le Celto-Gaulois des villes qui, plus tard, fondera les communes ; et communes et rois Celto-Gaulois s'uniront un jour pour fonder l'unité française au détriment de la féodalité mi-franque mi-Celto-Gauloise.

La clientèle prend le nom de vasselage.

L'idée de l'infériorité de la femme avait été une importation de l'Orient en Gaule. Nulle idée n'est plus étrangère à l'esprit des Celto-Gaulois. Cependant on ne peut dire que la loi salique ait été dirigée contre la femme : elle fut une nécessité pour la formation de l'unité nationale.

Avec la Féodalité, le respect, la vénération de la femme qu'avaient les Celto-Gaulois, et qu'ignoraient les Francs, l'esprit d'aventure et l'amour du dévouement et du sacrifice reparaissent sous la forme de la galanterie et de la vie d'aventures, où dominent la foi et le mépris de la mort inhérents à la race noble des Celtes. Les chevaliers au collier d'or revivent dans les chevaliers du Moyen-Age. Fidélité à son Dieu, au chef et à la femme choisis, défense du faible, « FOI » en un mot, telle est la devise du chevalier.

Le Moyen-Age, que nous appelons Barbarie et

Obscurité, parce qu'il ignora les lettres latines et grecques, et le graduel et traditionnel développement de l'Ame Celtique qui reparaît, évolue, pour triompher au xiiiᵉ siècle, le siècle le plus grand de notre Histoire Racique et Nationale.

Nous avons peu parlé jusqu'ici du rôle de l'Eglise Catholique en Gaule, puis en France. Son rôle, de l'aveu de tous les historiens même d'historiens peu suspects de partialité en sa faveur, comme Gibbon et Guizot, qui étaient protestants, est d'avoir fait la France, d'en avoir défriché les intelligences et le sol.

L'œuvre politico-sociale du Christianisme au Moyen-Age, où il fut le maître des peuples et des rois, le régulateur et l'éveilleur des intelligences et des cœurs, fut l'établissement en Europe de la Théocratie, que les Druides avaient pu instaurer en Gaule. L'Antique Théocratie avait été universelle dans la race, et patriarcale ; la seconde, locale, sacerdotale, druidique ; la troisième, la Théocratie Celto-Chrétienne du Moyen-Age voulait être universelle et sacerdotale ; instaurée au ixᵉ siècle, elle tomba cinq cents ans plus tard, lors de la séparation de la Papauté et de l'Empire, et sa chute coïncida avec le triomphe du droit romain, si néfaste à la France.

Cénac-Moncaut fait remarquer avec raison dans son « Histoire du Caractère et de l'Esprit Français », que le discrédit et la disparition du latin furent causés par la naissance de la Galanterie. Quand les nations de l'Ouest de l'Europe furent à peu près débarrassées des étrangers et eurent enfin des gouvernants

et des gouvernements nationaux, et, quand l'Ame
Celtique se réveillant, les sentiments celtiques repa-
rurent, la vénération pour la femme prenant la forme poétique de la galanterie, l'influence de la femme
grandit. Il fallait lui parler les langues qu'elle connaissait, et elle ne parlait pas le latin.

Les Dialectes Celtiques devenus patois furent
alors ennoblis et élevés au rang de langue poétique.

En même temps, se répandait le culte de la Vierge
que n'avaient pas ignoré les druides.

L'Apothéose de la Vierge-mère et de la Femme
est l'œuvre du Celte devenu chrétien.

C'est une femme qui incarna l'Ame Celtique au
moment où elle paraissait sombrer, et sauva la
France.

La haine du catholicisme, qui aveugle souvent
Michelet, lui fait dire que Jeanne d'Arc fait remplacer la passivité chrétienne, préoccupée de son salut,
par l'amour dans l'action. Je pense que Michelet a
voulu dire catholique et non chrétienne, car on ne
peut faire le reproche qu'il fait à l'Évangile. Ensuite,
c'est méconnaître la loi de l'esprit humain que de lui
reprocher d'avoir montré comme but à l'homme le
salut personnel. L'être se développe de bas en haut.
Une fois à même de concevoir la notion d'évolution, de salut, l'homme songe d'abord, instinctivement à son propre salut. La notion de l'amour du prochain et de l'oubli de soi-même pour autrui ne peut
être conçue que par l'être plus évolué. La tendance
du Celte à l'individualisme aurait pu devenir l'é-

goïsme : c'était l'écueil où le Celte pouvait se briser et que le Christ lui fit éviter.

L'Eglise, prenant le Celte, dans le désarroi de son antique civilisation et de ses croyances, devait d'abord lui rappeler que le salut est une réalité pour lui, et ensuite qu'il doit songer au salut du prochain avant de songer au sien. C'est ce que Jésus avait enseigné à ses disciples. Son église devait progressivement adapter l'enseignement divin au degré d'évolution des Celtes, puis du reste de l'humanité.

Revenons à l'époque dont le nom de Jeanne d'Arc nous a détourné un instant, et considérons le Moyen-Age dans ses grandes lignes, au point de vue politique et social d'abord.

C'est à l'Eglise Catholique et aux Capétiens que nous devons l'Unité de la France. Hugues Capet, qui fonda notre Monarchie Nationale, grâce à la ruine de l'Empire Germanique, était un Celte de race. Combien Louis XIV se méprenait lorsqu'il disait à d'Hozier : « Je suis un Franc, entendez-vous, ne faites pas de moi un Gaulois ! » et je ne sais quel abbé courtisan, renchérissant sur le maître, et dressant une généalogie de la Maison de France, faisait descendre, en droite ligne, Louis XIV de Pharamond ! C'est l'instinct de la race qui fait que les descendants de Capet s'appuieront sur les communes Celto-Gauloises et gouverneront systématiquement avec les Etats-Généraux, reconstitution des Assemblées sociales des Celto-Gaulois d'avant la conquête romaine.

Le grand roi du Moyen-Age, c'est Louis IX, qui tenta la constitution de l'Empire celtique ; et les grands évènements de cette période, ce sont les Croisades, croisades de l'intérieur et de l'extérieur contre l'influence sémite tendant à envahir matériellement et moralement le Domaine Celtique.

Le croisé, c'est le chrétien qui défend la cause de sa religion, mais aussi et surtout le Celte qui défend sa race. « Il y aurait une déplorable pauvreté de jugement, dit Poujoulat, (cité par Georges Romain) à ne voir dans les croisades qu'une piété aveugle mêlée à d'inutiles exploits. Le Moyen-Age s'arma tout à coup au nom de la religion, véritable patriotisme de ces vieux temps, pour aller refouler au fond de l'Asie les innombrables peuplades musulmanes, qui menaçaient constamment l'Europe d'une effroyable invasion ». Le Celte Charles Martel avait refoulé les Sarrasins, et la France lui dut de ne pas subir « le sort de l'Espagne, qui ne put pas prendre part aux Croisades, précisément parce qu'elle était occupée, chez elle, à une croisade permanente ». (Georges Romain) Plus tard, don Juan d'Autriche, à Lépante, puis Jean Sobieski, sauvèrent à leur tour l'Europe de l'invasion Sémite. La Pologne a été cruellement punie d'avoir défendu le Celte contre le Sémite ; l'Espagne est domptée et l'Autriche gravit pas à pas son calvaire.

Ainsi, même après les croisades, l'Europe fut menacée par les Sémites musulmans. « Qu'eut-ce donc été sans elles ? Voilà ce qu'il faut se demander pour se rendre compte de leur action, si l'on veut être juste à leur égard. C'est un des points de l'histoire où on se rend le mieux compte de l'hostilité systématique des anticléricaux contre l'Eglise et le Moyen-Age. Chaque fois que le christianisme est visiblement en scène, même pour produire, défendre ou protéger la civilisation, ils sont atteints d'une cécité incurable.... L'homme impartial voit combien le cimeterre était menaçant pour l'Europe, si la croix n'eût pas fait reculer le croissant. Ce fut surtout l'œuvre des croisades, malgré les luttes qui leur survécurent. Voilà le service qu'elles ont rendu à la civilisation, jusque dans les civilisations à venir » (G.R.). « Les peuples partant sous les saintes bannières, dit Poujoulat, ne savaient pas toute l'étendue de la mission qu'ils accomplissaient, car les peuples, comme les hommes n'ont jamais le secret des révolutions dont ils sont les instruments providentiels ; le sens de ces révolutions, ne se révèle qu'à la postérité ».

La lutte de la croix contre le croissant c'est la lutte de la civilisation Celto-chrétienne contre le Sémitisme. *La clef de tous les événements historiques est ici : la lutte du Celte contre le Sémite.*

Il y avait si bien un instinct de race en action dans l'Œuvre des Croisades, que lors de la seconde croisade, les croisés voulaient commencer par s'attaquer aux Sémites d'Europe, et que Saint-Bernard intervint pour y mettre obstacle. Il alla même jusqu'en Allemagne pour protéger les Juifs.

Si, grâce aux Croisades, nous fûmes sauvés du Sémitisme d'Orient, le Moyen-Age vit se dresser devant lui un autre péril. Le Sémite n'avait pu nous envahir lui-même ; il tenta de nous imposer l'esprit de sa race, et ce fut la Provence qu'il chargea de cette mission.

On connaît le rôle de la Provence à l'époque romaine ; on sait qu'elle fut la cause première de la conquête de César qu'elle appelait ; on sait avec quelle facilité ils se modelèrent sur les Romains, et que leur pays fut vite, et dans toute la force du terme, une *Province romaine*. Peuple de métis, comme tous les peuples méditerranéens, mi-celtes, mi-sémites, chez lequel se combattent les morales si différentes de ces deux races, il n'y a pas lieu de s'étonner que l'instinct du méridional, perverti comme l'instinct de tout métis l'ait porté à louvoyer entre l'esprit des races auxquelles il doit son sang. Ajoutons que si l'apport du sang romain peut être considéré quelque part comme appréciable, c'est en Provence.

La Croisade contre les Albigeois, comme les Croisades extérieures, est aussi une phase de la lutte de la Race Celtique contre la Race Sémite ; mais, ici, c'est le Celte qui lutte contre son frère, le Celte Sémitisé ! Est-ce à dire qu'il est moins dangereux ? Non, car nous venons de le dire, l'homme de race pure, tel que le Juif, est moins à craindre que le Sémitisé parce qu'il n'y a qu'une morale chez le Juif, qu'on la connaît et qu'on peut s'en garer, tandis que le Métis est un homme chez lequel domine tantôt une morale. tantôt l'autre, moins franc, plus pervers. L'un peut être un ennemi, l'autre est facilement un traître.

La versatilité des Provençaux, leurs mœurs, les portait à embrasser ce qu'on appelle l'hérésie albigeoise, et ce qui est réellement un essai de prise de possession de l'esprit Sémite sur l'esprit Celte.

Le gnosticisme Albigeois, comme le Manichéisme et le gnosticisme en général, n'est en effet qu'une doctrine sortie de l'Ecole Juive d'Alexandrie, école qui, on le sait, n'avait été fondée que pour faire pièce au Christianisme naissant, en rassemblant en un corps de doctrine les philosophies de l'antiquité.

La fondation de l'école d'Alexandrie est la première tentative de l'esprit Sémite contre l'esprit Celto-Chrétien ; l'Albigéisme et le Manichéisme en est la seconde. Le protestantisme et la Renaissance seront la troisième. Puis paraîtra la Franc-Maçonnerie, Sémite non-seulement dans ses doctrines mais dans ses origines, qui, travaillant sourdement les esprits, mènera à bien la quatrième tentative, la Révolution de 1789.

Voici l'opinion d'un protestant, Hurter, sur les Cathares, ou Albigeois : « En comparant l'organisation intérieure d'une certaine société, les Francs-Maçons, et ses tentatives contre l'Eglise depuis une soixantaine d'années, avec les principes connus de la doctrine des Cathares, on est obligé de reconnaître quelques rapprochements, et non seulement pour les principes généraux, mais pour les plus minces détails. *Les deux sociétés ont pour principe l'indépendance de l'homme vis-à-vis de toute autorité supérieure. Toutes deux* vouent la même haine aux institutions sociales et particulièrement à l'Eglise et à ses ministres... Nous pouvons dire avec quelque raison que *tout le bouleversement qui mine depuis plus d'un demi-siècle les fondements de la société européenne, n'est autre chose que l'œuvre* des Albigeois, transmise par eux à leurs successeurs, les francs-maçons ».

Michelet est obligé de dire la vérité sur les Albigeois : « La noblesse du Midi, dit-il, qui ne différait guère de la bourgeoisie, était toute composée d'enfants de Juives ou de Sarrasines... C'était encore un de leurs plaisirs de salir, de briser les images du Christ... Impies comme nos modernes, et farouches comme les barbares, ils pesaient cruellement sur le pays, volant, rançonnant, égorgeant au hasard, faisant une guerre effroyable... Enfin cette Judée de la France, comme on a appelé le Languedoc, ne rappelait pas l'autre seulement par ses bitumes et ses oliviers, elle avait aussi Sodome et Gomorrhe... Que les croyances orientales, le dualisme persan, le Manichéisme et le Gnosticisme aient pénétré dans ce pays, c'est ce qui ne surprendra personne. » (Voir Deschamps.)

Il y aurait un curieux parallèle à faire entre l'état d'esprit des nobles de Provence, « le berceau des libres-penseurs », dit Cénac-Moncaut, au Moyen-Age, et l'état d'esprit de la noblesse dégénérée de la France au XVIIIe siècle.

L'état intellectuel des nobles de Provence, dû au mélange Celto-Sémite, aggravé par l'influence proche de la décadence romaine, l'avait encore été davantage, à un époque plus récente, par les mariages fréquents de ces nobles avec des femmes sémites, juives ou mauresques. On sait que des Maures d'Espagne habitèrent longtemps la Provence. Le tableau des mœurs des cours des seigneurs Provençaux au Moyen-Age, rappelle les mœurs des salons du xviii° siècle. Ces cours étaient le refuge des déséquilibrés, des « intellectuels » de l'époque, qui avaient appliqué la noble idée de la galanterie chevaleresque en créant les Cours d'Amour, édifiées pour la glorification de l'Amour physique. Là, l'idéalisme celtique disparaît devant le sensualisme oriental, sémitique. Etranges tribunaux, que ces cours d'amour, où se mélangeaient dans un imbroglio fou, la théologie et les obscénités les moins déguisées. On dirait que des rabbins juifs, délaissant un moment les subtilités de la Kabbale numérique, en transportèrent l'esprit dans les discussions érotico-théologiques. Ajoutons qu'on trouve de nombreuses traces de la littérature arabe dans les poëmes des troubadours.

Tenant des Sémites par leurs goûts voluptueux et la manie des subtilités, le Gnoticisme devait les tenter. Le Provençal jongle avec les mots et avec la pensée; il s'occupe de l'harmonie des mots sans scruter la pensée.

L'esprit sémite est le moteur de l'Albigéisme, comme il sera le moteur des idées révolutionnaires, au xviii° siècle. Les nobles provençaux se laissent entraîner, plus facilement encore que l'aristocratie parisienne ne se laissera prendre follement aux élucubrations faussement humanitaires des philosophes encyclopédistes, membres de cette célèbre Loge des Neuf Sœurs, qui devait, au moment propice, se transformer instantanément en Club Jacobin.

Le Sémite, le Juif en particulier, engage le Celte, qui trop souvent l'écoute, à faire de la terre un paradis, à glorifier la matière, la nature, à oublier le Créateur, à fouler aux pieds l'idéalisme de sa race. Et il devait avoir d'autant plus de chances de succès qu'il s'adressait à une province dont les habitants avaient du sang sémite dans les veines. Remarquez que le Juif, en Provence, à l'époque albigeoise, joue un rôle important. Dans une conférence où Milon, légat du pape, cite le comte Raymond, « le grand suzerain provençal et seize de ses barons signèrent devant des évêques une convention par laquelle ils renonçaient à toute association avec les brigands et *s'obligeaient à ne plus confier à des juifs l'administration* de leurs domaines, à n'exiger de leurs peuples ni péage, ni guidage... *à respecter la liberté des églises*, etc... » (Cénac-Moncaut). Un peu auparavant le pape avait absous Béranger de Narbonne, et l'une des conditions était qu'il ne ferait plus commerce d'argent; il est bien probable que ce noble descendait d'une juive.

Grâce à Montfort, l'Occident fut une fois de plus vainqueur de l'Orient, la féodalité victorieuse de la République Albigeoise, et le Celte vainqueur du Sémite et du Sémitisé. Les troubadours, les poètes qui subirent cette influence sémitique qui se manifesta dans la religion et dans la morale par les sectes gnostiques, reflètent cette influence dont ils furent les propagateurs.

Cénac-Moncaut distingue les troubadours provençaux, à la poésie allégorique, prétentieuse, exagérée jusqu'à l'extravagance, des troubadours aquitains, c'est-à-dire des régions immédiatement inférieures à la Loire, au langage naturel, plein de bon sens, vraiment celtique, langage qu'emploiera le Celte Rabelais. Alors que les Aquitains ne prennent leur lyre que pour chanter les croisades, les troubadours libre-penseurs de Provence ne s'en soucient guère. Naturellement les Italiens outrèrent encore l'exagération provençale. Quant au gnosticisme, il continua à vivre en se cachant, et Dante qui passe à tort pour un catholique très orthodoxe en fera un jour la clef de son poëme.

La Provence n'est pas le berceau de la poésie romane. La poésie romane est l'expression du réveil celtique qui coïncide avec la renaissance de la langue celto-gauloise évoluée au contact du Latin. Instinctivement l'esprit celto-chrétien repoussa chez les peuples du Midi de l'Europe la langue provençale, langue des Albigeois, des méridionaux sémitisés. Frédéric II fut l'un des promoteurs de l'adoption du Sicilien comme langue italienne, qui supplanta ainsi le provençal lombard. Le catalan, frère de ce dernier dialecte, fut également repoussé par l'Espagnol celtibère et catholique.

La papauté n'est pas plus responsable des violences qui accompagnèrent les répressions, par les nations celtiques, des insurrections qui étaient plutôt des guerres de race que des guerres religieuses. Pendant cette Croisade albigeoise le pape se montra toujours conciliant. « Placé entre les deux partis, dit Cénac-Moncaut, le pape, excité par les uns, trompé par les autres, montra cette conduite hésitante, mêlée de menaces et de pardon, que les historiens du dernier siècle exploitèrent dans l'intérêt de leurs idées anticatholiques, avec une habileté qui n'était pas exempte de calomnie ». Ce ne fut qu'après neuf ans de tentatives inutiles et après le meurtre de Pierre de Castelnau, qu'il publie la croisade contre les Albigeois, et c'est lui qui ordonne la suspension des hostilités et l'ouverture du Concile de Lavaur. Le Celte, défendant beaucoup plus sa race que sa religion, ne tenait pas compte des interventions du chef de sa religion. La guerre albigeoise était une guerre entre les Celtes et les Provençaux héritiers de la décadence romaine et sémitisés par le sang et aussi par l'esprit, grâce au contact des Arabes qui professaient dans leurs universités, et qui menaçaient d'introduire en France la corruption et le matérialisme, l'esprit anticeltique dont nous infesta la pseudo-renaissance du xvi° siècle.

Le métissage et la corruption de la Provence se manifestent aussi dans son architecture. Il fallut la victoire du Nord sur le Midi pour que le style celtique, appelé à tort gothique, fut appliqué en Provence. Encore ne fut-il adopté que par les évêques. Il fut repoussé des gens du peuple et du bas clergé, et les bourgs et les villages continuèrent à bâtir leurs églises dans le style romano-byzantin. Le style celtique n'était pas fait pour plaire à des sémitisés.

L'Inquisition d'Espagne ne fut pas plus un acte religieux que la guerre des Albigeois en France. Elle fut également une mesure de défense nationale. l'Espagne avait mis cinq cents ans à refouler les Mores dans l'Andalousie ; elle s'émut à l'apparition des Albigeois. Les Musulmans agissaient ouvertement ; les Albigeois, comme la plupart du temps les sémitisés, agissaient en dessous. Ils se glissaient sournoisement dans les villes en cachant même leur nom. « Les légats venaient d'appliquer l'Inquisition à la découverte des hérésies ; les Espagnols l'emploieront à l'extermination des hérétiques (C-M.). » Les vainqueurs des Mores font une besogne analogue à la première en devenant les agents du Saint-Office. « L'Inquisition espagnole fut essentiellement nationale. » (id). Ce n'est pas de Rome qu'elle part, mais de Séville et de Madrid. Elle ne dépend ni de l'Italie ni de la France. Elle se propage ensuite en Portugal, en Amérique, dans les Pays-Bas, en Sardaigne, en Sicile, à Naples.

« Il fut un temps où il y eut vraiment deux églises, et peu s'en fallut que Charles-Quint et Philippe II n'enlevassent l'Europe entière au Vatican pour la soumettre au Grand Inquisiteur. Pendant une longue période, toutes les violences partent du cabinet de Valdès et de Torquemada ; tous les efforts tendant à protéger les victimes viennent de Rome (Cénac-Moncaut) » où les condamnés par contumace vont se réfugier. L'Inquisition ne tient aucun compte des avertissements du pape, et le conflit est permanent entre les deux puissances jusqu'au xvi° siècle où l'Inquisition finit par traduire le pape Sixte-Quint à sa barre, et à le condamner comme fauteur d'hérésie ! C'est que le rôle du pape est avant tout de défendre la religion, tandis que chaque nation pense d'abord à se défendre, quand elle n'est pas aveuglée de fausse générosité, comme la France qui en est trop souvent la dupe.

Ajoutons que l'Espagne applaudit unanimement à l'œuvre de l'Inquisition et que, si elle se défendit cruellement, elle dût sa cruauté, comme le dit Edmond Picard, à l'influence du sang des Sémites, Mores et Juifs, avec lesquels elle se croisa trop longtemps. Tout métis est facilement cruel.

Le Provençal paraît avoir été à l'origine, plus Gaulois que Celte et Sémitisé au contact des Phéniciens et d'autres races sémites. L'invasion romaine, puis la présence de Mores d'Espagne et de Juifs porta à son comble la corruption de son sang, la corruption de sa morale, l'abaissement de son idéalisme. Ce qu'on dit faussement du Français en général, qu'il est le résultat d'un inextricable mélange de races, est vrai pour le Provençal. Il est vrai également pour l'Italien, dont l'idéalisme se traduit surtout par une basse superstition, et le métissage Celto-Sémite par une certaine cruauté quelquefois perfide qui fait d'Italiens les assassins de Carnot, de Canovas, de l'Impératrice d'Autriche et de Humbert. Chez l'Espagnol, au contraire, s'il y a métissage, on reconnaît facilement ce métissage. Parfois l'élément sémite domine, chez lui, sur l'élément celtibère ; il explique l'orgueil, la violence, le sensualisme. Il n'est pas assez sémite pour ne pas avoir de foi, d'idéal, il l'est assez pour avoir, en religion, un idéal relativement peu élevé. Néanmoins, c'est un être de foi comme le Celte pur, ayant comme lui la religion de l'honneur et l'amour de la patrie. Bref, si son sang de métis l'incite aux violences pour défendre sa foi, qui est celle d'un Celte, cette foi est cependant sensualisée par le contact Sémite.

C'est encore le Sémitisme qui se cache derrière les Templiers. Curieux destin que celui de cet ordre chevaleresque, Celtique et Chrétien, qui paraît avoir été tout d'abord détenteur de la Tradition Celtique, dont le Graal est le symbole, et qui, corrompu au contact des sociétés secrètes des Sémites et des Joannites d'Orient, dont il embrassa les doctrines gnostiques, semblables à celles des Albigeois, attira sur lui les foudres du pape et du roi de France, qui prévinrent ainsi une nouvelle mainmise du Sémite sur la France et tout l'Occident.

La France devait enfin au XVe siècle se voir près de l'abîme, quand parut la Grande Celte Jeanne d'Arc, la plus noble incarnation de l'Ame Celtique dans l'Histoire. Sa vie est consacrée à la lutte contre les Templiers, — car les Templiers ne cessèrent jamais d'exister, — servis par les Anglais des Lancastre. Mais l'histoire de Jeanne est trop connue du lecteur pour que nous insistions sur des évènements historiques dont les dessous ont été d'ailleurs admirablement mis en lumière par Francis André, dans « La vérité sur Jeanne d'Arc ».

CHAPITRE II

LE CELTE DANS LA LITTÉRATURE, LA SCIENCE ET L'ART DU MOYEN-AGE

§ I. — La Littérature et la Science

Pendant que s'accomplissaient toutes ces luttes qui la préservaient et lui permettaient d'évoluer en toute liberté, sans subir comme aux époques suivantes, la contrainte des idées étrangères, l'Ame Celto-Chrétienne inspirait les poètes, les lettrés, les savants, les artistes.

Le Moyen-Age, tant décrié par les Jacobins, est, le XIIIᵉ siècle surtout, l'époque la plus belle de notre histoire. Les XIIᵉ et XIIIᵉ siècles, témoins de ce qu'on peut appeler la Vraie Renaissance, la Renaissance Celto-Chrétienne, et plus justement l'Apothéose de l'Ame Celtique, en une phase admirable de son évolution, étaient une époque de lumière et de liberté. « Une profusion d'écoles épiscopales, dit G. Romain, d'écoles monastiques et d'universités répandaient partout l'instruction presque gratuitement. Jamais le monde n'avait vu une pareille diffusion de la science, des lettres, des arts et de l'esprit philosophique... Au Moyen-Age, au moins, les seigneurs

suzerains laissaient aux communes le droit de s'ad-
ministrer librement. *Le peuple s'appartenait
et se gouvernait* lui-même. Il dépend, aujourd'hui,
d'un sous-préfet, d'un préfet et d'un ministre, même
dans une foule de questions purement communales,
où sa liberté de conscience et ses droits de père et de
citoyen sont en jeu. Est-ce là de la liberté ? »

« Henri Martin dit qu'il avait fallu du génie pour
faire les constitutions communales. Il se trompe ;
il avait suffi de l'esprit d'équité inhérent à l'esprit
chrétien, qui inspire toutes les institutions du Moyen-Age. Henri Martin, comme tant d'autres victimes de notre éducation contemporaine, ignorait
ou méconnaissait cet esprit-là..... Au Moyen-Age,
la commune n'était qu'une extension de la famille...
L'éminent historien Aug. Thierry a osé proclamer
le premier que : « Vers le xiᵉ siècle, les classes populaires avaient déjà conquis leurs libertés et qu'elles
en jouissaient pleinement. Il y a des ordonnances
royales qui dépassent, sur certains points, dit-il,
les garanties modernes de la monarchie constitu-
tionnelle. Il n'y a point, chez nous, de droits de fraî-
che date ; notre génération doit tous les siens au
courage des générations qui l'ont précédée ».

A son tour, M. Victor Duruy dit de cette époque :
« Nulle taxe ne pouvait être exigée sans le consente-
ment des contribuables ; nulle loi n'était valable si
elle n'était acceptée par ceux qui lui devaient obéis-
sance ; nulle sentence légitime, si elle n'était rendue
par les pairs de l'accusé.

» Voilà les droits de la société féodale, que les

Etats-Généraux de 1789 retrouvèrent sous les débris de la Monarchie absolue ». Et Montalembert a dit avec raison : « Jamais l'humanité ne fut plus féconde plus virile, plus puissante. Le Moyen-Age restera l'âge héroïque de la Société Chrétienne ».

Ce n'est pas seulement dans le Néodruidisme, le Bardisme, les chansons de la Table-Ronde, les épopées, les poëmes des trouvères, les fabliaux, toutes ces manifestations celtiques, que l'âme de notre race se révèle au Moyen-Age. Ou plutôt, c'est là que se révèle son idéalisme ; son bon sens éclate dans la science et dans la philosophie. Ecoutons un savant *matérialiste*, Pouchet, juger le Moyen-Age :

« Dans les sciences, comme dans la philosophie, le Moyen-Age a été le grand initiateur, le germe fécondant des progrès futurs et des grandes conceptions scientifiques et ce germe y abonde. C'est au XIIIe siècle que sont dus ces grands moteurs qui imprimeront désormais aux sciences un si rapide essor. la renaissance de l'observation et l'idée mère de l'expérimentation.

» On a mieux aimé condamner le Moyen-Age que de se donner la peine de l'étudier. Cependant, les sciences et la philosophie y acquirent le plus magnifique développement.

» Déjà, Leibnitz avait laissé entrevoir que cet âge renfermait de grandes richesses. Cousin, Jourdain, de Humboldt, en font le plus bel éloge. » « M. Pouchet eut pu en dire autant de Buffon, Cuvier, Ampère, de Gérando, J.-B. Dumas, de Blainville, etc. »

« A ce moment, dit Duruy, la domination intellectuelle de l'Europe appartenait incontestablement à
la France. Sans les affreuses guerres dont le xiv°
siècle fut désolé, c'est du xiii° siècle qu'on aurait
daté la Renaissance. » Oui, mais alors, ce n'était
plus la Renaissance Gréco-Romaine, l'importation
néfaste du romanisme sous toutes ses formes.
C'était une Renaissance Racique et Nationale, Française, Celto-Chrétienne.

C'est au xiii° siècle que nous devons ces savants
qu'on appelait Bacon et Lulle, des philosophes comme Albert-le-Grand et Thomas d'Aquin, qui pour-
suivirent l'union de la foi et de la raison, et prônè-
rent la méthode expérimentale, le bon sens celtique
appliqué à la science. Quant à la scolastique, si
elle sombra dans les abus et les puérilités, on pourrait peut-être en accuser surtout l'influence étrangère. Il n'en faut pas d'ailleurs trop médire : elle fut,
comme le dit Saisset, la mère de notre civilisation.

Le Moyen-âge celtique produisit St-Bernard et
St-François d'Assise, les « deux anneaux brillants de
la chaîne monastique qui relie les Gaules druidiques
à la France chrétienne. » (Francis André).

Nous avons déjà parlé de la poésie du Moyen-
Age, à propos des troubadours. Le trouvère, lui, est
le poète du nord ; sa poésie a quelque chose de sauvage, de terrible, comme les poèmes des bardes de
l'Ouest, comme les poèmes celtibériens. La littérature du troubadour provençal est à la fois méta-
physique et sensuelle : elle est l'héritière de la décadence romaine et du sensualisme mystique de l'O-

rient. Le Celte est plus lui-même là où il a le moins
subi l'étranger, au centre de la France, qui nous don-
nera le grand Celte Rabelais. Cénac-Moncaut, a dé-
montré que ce fut justement dans l'Aquitaine que
fut constituée la langue dite romane, et que les
Provençaux ne firent que s'approprier cette langue
et sa littérature, en corrompant l'une et l'autre.

L'influence néfaste des troubadours albigeois devait se propager jusqu'en Allemagne. Les minnesinger descendent directement des troubadours provençaux et lombards, qui introduisirent dans ce pays
les germes qui écloreront avec le protestantisme.

Le système sémite, c'est l'action par la corruption.

Au Moyen-Age, le Sémitisé s'attaque à l'homme
du Nord en excitant chez lui le sensualisme. L'action
des Albigeois ne fut peut-être pas complètement néfaste, tout d'abord. Le Provençal n'était qu'un sémitisé. S'il avait en une certaine mesure, les défauts
du Sémite, la tendance à ne voir dans la vie qu'un
moyen de jouir assez bassement, il n'avait pas abdi-
qué, cependant, toutes les qualités de Celto-Gaulois.
Il voyait surtout dans l'amour une volupté, c'est vrai,
mais ne refusait pas à la femme le respect que lui
refusèrent toujours les Sémites. Son contact adoucit
un peu la brutalité de ce Goth qu'était l'Allemand.

Ce fut Barberousse qui, en 1154, importa en Allemagne les chants des troubadours de Raymond de
Provence, et les empereurs Henri VI et Conradin
prirent rang eux-mêmes parmi les minnesinger.

Sous cette poésie galante des minnesinger, comme
sous la poésie des troubadours, se cache autre chose

que l'amour de la dame. Qu'on en juge par exemple par cette strophe de Walter de la Vogelweide : « Nul ne le connaîtra jamais (le nom de sa dame); elle se nomme *Clémence et rigueur*. Si l'on veut en savoir davantage, qu'on aille éclaircir le mystère en courant par monts et par vaux ».

S'il s'agissait d'une femme, ces paroles seraient tout simplement absurdes. Mais c'est d'une doctrine qu'il s'agit, c'est de la doctrine secrète, de la Gnose, la doctrine des Albigeois, des troubadours, des minnesinger, des Gibelins et de Dante, des membres de la grande conspiration des partisans de l'Empire et des ennemis de la Papauté. C'est la doctrine à la fois rationaliste et mystique, mais dont le faux mysticisme a pour point de départ l'orgueil, la confiance exaltée de l'homme en sa lumière propre, doctrine qu'on peut déjà appeler maçonnique, d'où sortira plus tard le Protestantisme, la Révolution du XVIᵉ siècle, et la Révolution de 89. Non, ce n'est pas une femme, la Dame Mystérieuse que les poètes appellent *la Fleur*, *l'Etoile d'Orient*, *la Rose*.

Cette doctrine, Dante l'appelle Béatrice. La « dame » n'est pas seulement une doctrine religieuse, c'est surtout une doctrine politique et sociale. Béatrice, dit Aroux, « est la déesse Raison, elle est la Réforme, elle est la République universelle, une et indivisible, se plaçant, pour la forme, sous le patronage d'un monarque en effigie, (1) jusqu'au moment où elle dépouillera son déguisement catholique, et,

_____

(1) A la fin du xviiiᵉ siècle, elle jettera son dévolu sur Napoléon, et, dès la fin du xixᵉ siècle sur les rois de Prusse. (M. A.).

le foulant aux pieds, se révèlera aux regards épouvantés, sous ses véritables traits ». Béatrice est la Gnose et aussi la Nouvelle Jérusalem. Elle admet (Paradis, chant VII) la création de l'homme par un démiurge, et Dante lui applique le nombre 9. La Lucie de Dante, qui donne l'éveil à Béatrice, c'est St-Jean-Baptiste, patron des Templiers et des Joannites, celui qui reposa, dit Dante, qui confond les deux Jean, sur le sein du Pélican. Le sauveur, celui qui doit assurer le triomphe de l'Eglise sur Rome, qu'il appelle la Grande Prostituée, c'est le Veltro, le Judex, c'est Henri de Luxembourg, l'empereur d'Allemagne. Le poème de Dante est un poème gnostique rosicrucien, kabbalistique. Aroux a pu y retrouver la description voilée de l'initiation rosicrucienne et templière, qui se retrouve dans les grades de même origine des divers rites maçonniques.

Dante ne laisse échapper aucune occasion de déplorer la condamnation des Templiers ; et il met dans la bouche de Hugues Capet une diatribe contre ses descendants qui soutiennent le pape, et dont l'un a détruit l'Ordre du Temple. Le poète crie *vengeance* « contre les auteurs et complices de ce qui est à ses yeux un forfait sans égal. Il faut absolument que *cette destruction de l'Ordre des Templiers ait été un évènement bien plus grave et d'une bien plus grande portée politique et religieuse* qu'on ne l'a supposé jusqu'ici, pour avoir soulevé dès lors de si énergiques protestations, et pour qu'elle soit rappelée solennellement, aujourd'hui encore, dans toutes les initiations maçonniques ; pour que, de-

puis cinq cents ans, la tradition fasse retentir d'é-
chos en échos les mêmes anathèmes et les mêmes
appels à la vengeance. » (Aroux).

On voit contre quelles conspirations l'Ame Celtique eut à lutter, en religion et en politique. Grâce à
la vigilance de nos rois, elle sortit victorieuse du
Sémitisme sous toutes ses formes.

Nous ne pouvons, dans ce rapide voyage à travers
l'histoire, étudier en détail les manifestations de
l'Ame Celtique au Moyen-Age. Un mot sur Villon,
cependant, avant de parler de l'Art du Moyen-Age,
et de jeter un coup d'œil sur le xviᵉ siècle.

L'apparition de ce poète met fin aux sensibleries
que Charles d'Orléans, fils de milanaise, avait mises
à la mode en littérature, et qui menaçaient de noyer
le bon sens et l'idéal supérieur des Celto-Gaulois
dans de prétentieuses puérilités. Villon, c'est une
manifestation de l'âme française s'unissant aux tentatives des rois pour lutter contre une féodalité devenant de jour en jour moins utile, jusqu'à être un obstacle à l'Unité Française désormais possible. Le
noble de cour s'était complu à ces sentimentalités
poétiques, à ces afféteries contraires à l'esprit français, et auxquelles le peuple ne mordit jamais.

A deux époques de notre histoire, les nobles de
cour firent risquer à la France de sérieux dangers.
Au xvᵉ siècle, ils attaquèrent l'esprit français par
leurs poésies décadentes. C'était préparer la Renaissance gréco-romaine. Au xviiiᵉ siècle, en se laissant
séduire par le miroitement des idées faussement
humanitaires de Rousseau et des encyclopédistes

maçons, ils contribuèrent à la perte de nos traditions qui fut le résultat de la Révolution française. Le rôle de Villon, au xv₁ siècle, fut de « maintenir l'esprit français en possession de ses plus précieux domaines; la netteté transparente, la fine observation et le bon sens. » (Cénac-Moncaut).

.:.

§ 2. — L'Art Celtique du Moyen-Age.

L'Art, c'est la projection sur le plan physique d'un rayon de l'infini perçu par un cœur amoureux d'idéal. Le Celte est donc l'Artiste par excellence, et son art évoluant d'autant plus librement que la direction qu'il subit est plus conforme à ses aspirations, le Moyen-Age devait lui faire produire des chefs-d'œuvre plus que toute autre époque.

Au Moyen-Age, l'art était universel, c'est-à-dire que les âmes des artistes de cette époque, unies par la même croyance, vivaient sur le même plan, et toutes les âmes assoiffées d'idéal étaient des âmes artistes : les âmes idéalistes comprenaient l'art qui doit être idéaliste.

L'Eglise n'avait pu réaliser ce qui était, est, et sera éternellement irréalisable, l'égalité des conditions sociales, mais elle avait pu niveler les âmes. Les hommes communiaient dans une même foi, un même idéal. L'art était impersonnel, les œuvres des artistes étaient anonymes, l'individu ne paraissait pas dans l'œuvre de l'âme de la race dont il était l'interprète ; le fidèle ne signait pas la prière qu'il adressait à Dieu.

Les peintres du Moyen-Age ne savaient pas peindre, dit Peladan. « Ce qu'ils ignoraient, quatre mille peintres le savent aujourd'hui. Ce qu'ils savaient, nul ne le sait plus ».

« Faire un chef-d'œuvre de poésie sans la prosodie, est-ce possible ? Eh bien ! les mystiques ont fait des chefs-d'œuvre de peinture sans couleur et sans dessin, parce qu'ils *croyaient*. On nie les miracles, mais dans l'ordre esthétique, peut-on admirer un miracle plus grand que celui-ci : une œuvre d'art qui coudoie Raphaël, et qui, techniquement, est au-dessous d'une image d'Epinal ? »

Mais la grande œuvre artistique du Moyen-Age, c'est la Cathédrale Celtique. L'expression de style gothique est radicalement fausse, appliquée au style ogival ; elle s'appliquerait plutôt au style roman ; des édifices du vi^e et du viie siècle sont désignés indifféremment comme ayant été construits *opere romano* ou *manu gothica*. Ces expressions, employées à une époque où le style ogival était inconnu, ne peuvent donc s'appliquer qu'à « l'architecture romane ou à plein cintre, qui régna depuis le ve siècle jusqu'au xiie. La dénomination de gothique fut usitée au xiie siècle, alors que les Goths n'existaient plus, et que le système architectural changeait. » (Bull. archéol. 1842-43). Le style ogival est « certainement d'origine française » (S. Reinach) il est même né dans l'Ile de France et les régions voisines. Il résulte de la collaboration de l'Eglise savante et du

Celte, de l'artiste homme du peuple. L'influence ecclésiastique est surtout sensible dans l'architecture ; les architectes sont des prêtres, comme Suger ; dans la peinture murale, imitation des miniatures byzantines, dans l'enrichissement des sujets sculptés, dont ils font une véritable encyclopédie religieuse. Si l'influence ecclésiastique apparaît dans l'ordonnation, l'influence celtique se dévoile dans la création : l'invention de l'ogive et la renaissance de la sculpture, ou plutôt sa naissance, car la sculpture celtique du Moyen-Age ne se rattache en aucune façon à la tradition gréco-romaine. Le Celte imposa la sculpture à l'Église Catholique, qui la considérait comme un art païen ; il la fit surgir au xıı siècle, alors qu'on voulait borner son art à la peinture traditionnelle. C'est que l'esprit celtique ne peut longtemps piétiner sur place ; il faut qu'il invente, s'affranchisse des disciplines qui restreignent trop son essor : il recule constamment les bornes de son idéal.

Malheureusement, l'influence étrangère va tenter de resserrer, d'étouffer cet idéal, en lui imposant sa loi.

.:.

CHAPITRE III

LA RENAISSANCE GRÉCO-ROMAINE

§ I. — La fin de l'Ordre Social Celtique

Quand l'ennemi du Celte veut introduire chez lui la Révolution pour l'exploiter, il flatte son désir du mieux, son amour de la liberté. C'est ce que firent les Francs, comme nous l'avons vu ; c'est ce que font, au XVIᵉ siècle, les protagonistes de l'idée sémitique. Chose curieuse, que l'on peut constater maintes fois dans l'histoire, l'ennemi du Celte, qui ne sort pas de l'anarchie, flotte entre l'anarchie d'en bas, la Révolution, et l'anarchie d'en haut, ou le Césarisme, que son ingérence impose tour à tour au Celte.

C'est l'intervention révolutionnaire anti-celtique qui amena la transformation de la Royauté Nationale, synarchique, antérieure à la Renaissance, basée sur la distinction du Pouvoir et de l'Autorité, et sur la séparation de l'action politique des gouvernants et de l'action sociale des gouvernés par les Etats-Généraux, qui amena la transformation de la Royauté en Césarisme d'essence romaine.

En 1302, Philippe-le-Bel, appliquant à la France entière le principe des communes celtiques, rétablit, sous le nom d'Etats-Généraux, les Assemblées Celtiques antérieures à la conquête romaine. C'est là qu'était le principe de la Souveraineté Nationale, souveraineté sociale et non politique, réalisé dans une Assemblée chargée d'étudier les formes de l'impôt, de le voter, et ayant pour sanction le contrôle de l'impôt.

L'instauration des Etats-Généraux était la consécration du pouvoir social des gouvernés. En effet, le principe de l'établissement des Etats-Généraux ne date pas du xive siècle. « Même avant les premiers Etats-Généraux, dit St. Yves d'Alveydre, les meilleurs rois ne comprenaient pas leur rôle autrement qu'une alliance avec les libertés de la nation, témoin ces conseils de Saint-Louis à son fils, dans son testament : « Regarde avec toute diligence comment tes gens vivent en paix dessous toi, par espécial ès bonnes villes et cités. Maintiens les franchises et les libertés esquelles les anciens les ont gardées. Plus elles seront riches et puissantes, plus tes ennemis et adversaires douteront de t'assaillir et méprendre avec toi ».

Œuvre celtique par son origine, animée du souffle chrétien, elle parfait l'union, vieille de plus de 800 ans déjà, de l'Ame celtique et de l'esprit chrétien. Mais le système synarchique pour employer l'expression de St-Yves d'Alveydre, système qui ne fut jamais dénoncé en fait, devait devenir lettre morte avec la Renaissance, qui fut la victoire du Romanisme sur tous les plans, et nous infligea le droit romain. Le Césarisme remplaça la monarchie synarchique. De cet absolutisme qui eut surtout le tort de s'appuyer sur la loi romaine, et auquel furent contraints nos rois devant les luttes qu'ils eurent à subir, il ne faut pas trop médire, il paraît avoir été indispensable à la formation de l'unité française.

Le Parlement ne pouvait tenir lieu d'Etats-Généraux. « La monarchie, dit St-Yves, aspira les juristes du tiers dans son Parlement de Justice, et, par contre, elle en refoula peu à peu tous les prélats et tous les gentilshommes autres que les pairs du royaume, auxquels elle ne laissa qu'un siège purement honorifique dans ses conseils ». Mais la situation du Parlement était fausse : c'était à la fois un pouvoir politique et un pouvoir judiciaire. Ses remontrances n'ont pas la valeur sociale qu'elles auraient eu en émanant de la nation par le second ordre des Etats-Généraux. « Malgré ces lacunes, dit St-Yves , on ne peut s'empêcher d'admirer... la puissante vie sociale de cette vieille France, dont les corps, même politiques, se refusaient à abdiquer devant le pouvoir central, les droits imprescriptibles de toute intelligence et de toute conscience collectives. »

Si la Royauté absolue fut basée sur un code étranger, elle fut utile à la France en aidant les rois à en accomplir l'unité : on peut dire que c'est la seule influence étrangère qui ne nous fut pas néfaste.

§ 2. — L'Esprit de la Renaissance

Le xvie siècle est surtout le siècle des appétits en révolte, qui, en se targuant de la raison, qui sert surtout à l'homme pour déguiser le réveil de ses instincts, s'exaspérèrent avec le retour à l'antiquité romaine, avec l'éloignement de l'Evangile et des traditions nationales. Le spiritualisme celto-chrétien va plier devant le sensualisme païen.

Les fléaux du xve siècle avaient produit une éclipse intellectuelle. La Renaissance, ou mieux la Régression Gréco-Romaine, n'eut pas eu lieu, qu'une Renaissance Celto-Chrétienne, c'est-à-dire Nationale, aurait succédé à cette interruption de la Renaissance du xiiie siècle. Au lieu d'inaugurer une phase nouvelle de l'évolution de l'Ame Celtique, la Révolution du xvie siècle l'étoufle : c'est une nouvelle invasion romaine. César n'avait pu décimer les peuples de la Gaule, ni les asservir complètement à la civilisation romaine, grâce au Christianisme qui, greffé sur l'âme celtique, l'affranchit et l'éleva. Mais la Renaissance vint, qui tenta de détruire l'œuvre des apôtres du Christ, c'est-à-dire l'indépendance intellectuelle du Celte.

Qu'on ne dise pas que la Renaissance est un pas que fait le Celte vers la liberté ! Il eut moins de franchises qu'au Moyen-Age. En réalité, le Moyen-Age finit dans les premières années du xve siècle, et si Philippe-le-Bel fit œuvre celtique, il s'en faut que ce soit par les transformations qu'il apporta au droit, que, le premier, il romanisa.

« On ne peut pas plus, dit Romain, accuser l'Eglise d'avoir réprimé la sorcellerie par la torture et les bûchers, qu'on ne peut lui reprocher de l'avoir favorisée et encouragée. L'origine des pénalités édictées contre les sorciers remonte à la législation des empereurs païens, continuée par Valentinien et Valens. Cette législation fut suspendue pendant près de mille ans. Sous le Moyen-Age, le droit canonique fut substitué au droit pénal romain. Or, le droit canonique proscrivait absolument la question, la mutilation et la brûlure. Jamais les tribunaux religieux, connus d'abord sous le nom de cours de chrétienté, puis d'officialités, et qui rendaient la justice, même au nom de la société civile, n'avaient appliqué la peine de mort ou celle du feu. A partir du xive siècle, cela change avec Philippe-le-Bel, » qui revient au droit romain et remplace les cours de chrétienté par des tribunaux séculiers. « Les auteurs qui incriminent le Moyen-Age citent beaucoup de procès de sorcellerie, mais... *du XVIe au XVIIIe siècle*, surtout du xvie. Ils ne s'aperçoivent pas qu'ils tirent sur leurs troupes, croyant tirer sur nous ». « Le xvie siècle, qui fut le grand siècle du scepticisme, fut aussi le grand siècle de la sorcellerie, dit M. Ch. Louandre ».

C'est en pleine Renaissance « que les persécutions contre les sorciers prennent le plus de violence. » (Rambaud). Remarquons en passant que l'adoption définitive du droit romain est due à deux méridionaux du xvie siècle. Alciat, milanais et Cujas, toulousain.

Les Français, chez lesquels l'esprit gaulois domi-
nait sur l'esprit celtique, furent dupes de leur esprit
frivole, tendant toujours à l'exagération et à la contradiction. Ce fut cet esprit que l'étranger réveilla
pour lui faire faire un premier pas vers le renonce-
ment à ses traditions. Le premier acte du drame de
la Révolution dite française, c'est la Renaissance.
C'est déjà une œuvre jacobine, derrière laquelle on
reconnaît le Saxon et le Sémite.

Le Moyen-Age avait été une époque de foi ; le
XIIIᵉ siècle avait réalisé l'union de la Foi et de la
Raison ; la coalition anti-celtique du XVIᵉ siècle
tenta de tuer la foi chez le Celte, et de l'amener à
déifier la Raison. Le coup le plus terrible donné au
Celte, à ses traditions raciques, nationales, morales,
religieuses, lui fut donné par le protestantisme.

La Réforme ne fut autre chose que l'effort d'un
parti international, politique, social, qui s'inspira de
doctrines étrangères à la race celtique et qui fut trop
souvent, en France, l'agent de l'étranger. Le protestant est l'apôtre des doctrines anti-celtiques. En matière de religion, il affirme que « l'autorité appartient
tout entière à l'individu ». (Taine). Si l'autorité appartient à l'individu en matière de religion, à plus
forte raison lui appartiendra-t-elle en justice, en politique, en morale. Le protestant, de par ses principes ne relève donc que de lui-même : il ne se reconnaît pas de maître. C'est un anarchiste. La Réforme
est, pour employer l'expression maçonnique, un
« coup de canon » du parti templier d'Allemagne et
d'Angleterre, Saxon, en un mot, lancé contre la civi-

lisation celto-chrétienne. L'esprit révolutionnaire, anarchique, renouvelé des Albigeois, va devenir dans les mains du Saxon une arme terrible contre son vieil ennemi le Celte. Sous prétexte de réformer la religion, il va répandre une secte adaptée au nouvel esprit infusé en France par l'esprit licencieux et sensualiste de la Renaissance païenne.

« Ce qu'on appelle Réforme, dit l'historien protestant Cobbett, fut enfanté par une incontinence brutale, nourri par l'hypocrisie et la perfidie, et cimenté par le pillage, par la dévastation et par des torrents de sang ». « Les *ministres huguenots*, dit le protestant contemporain Dumoulin, sont pour la plupart *étrangers et gens de néant*... sous prétexte de religion et de réformation, ils font des conventicules et des assemblées tendant à la sédition ».

Mais on sera édifié par la lecture de l'ouvrage sur Coligny, de Charles Buet, en ce qui concerne le xvie siècle, et des ouvrages de Renauld, auxquels nous renvoyons le lecteur.

En face de l'ennemi menaçant sa race, l'Ame Celtique va s'incarner dans les Guise.

« Au vi^e siècle dit Gallus, quand Charles-Quint veut étreindre la France dans ses serres, le duc de Guise, sortant de son Louvre, s'élance, Gorgone furibonde, sur l'aigle impériale et la fait rétrograder vers les halliers de la forêt d'Hercynie. En un instant, l'illustre Lorrain sent frémir, autour de ses talons, le tremblement des cœurs, des piques et des rapières.

Il s'agit de sauvegarder l'héritage de Charlemagne.

Sur le forum fangeux des petites villes et des villages, à peine le tympanon de guerre bat-il le rap-
pel que « les jeunes paysans et les courtauds de bou-
« tique, s'arrachant, dit l'historien du maréchal de
« Vieilleville, aux bras de leurs mères, vont se faire
« enrôler sous le pennon de France et désertent en
« masse les cabarets et les champs, si grande est,
« parmi eux, l'ardeur de voir la rivière du Rhin ! »

« Metz, Toul et Verdun s'écroulent sous un oura-
gan de fer pendant que la flamme et le sang empour-
prent les soldats et les chariots de guerre. Peu s'en
faut même que le munster de Strasbourg ne mire
sa flèche dans l'or des morions français.

« Déjà les guivres des tours battaient joyeusement
de l'aile au souffle de nos clairons, quand Henri II
défendit au duc de Guise de pousser plus loin son
épique chevauchée. L'Angleterre veillait. Jamais les
diplomates britanniques n'ont permis à la France de
conquérir ses limites naturelles.

« Comme le « ver » de la Légende des siècles, l'ine-
xorable Albion souille de son écume sordide tous
nos festins et toutes nos fêtes, tous nos étés et tous
nos printemps.

« Pendant que Guise, le panache au vent, défile
parmi les fanfares d'allégresse, à travers les rues de
nos cités endimanchées, Coligny, drapé dans une
cape couleur de boue, et le feutre sur le front, se dirige au crépuscule, vers la forêt de Fontainebleau
où Trockmorton, l'agent secret de la reine Elisabeth,
tend ses toiles.

« Elisabeth veut savoir ce qui se passe au Conseil

du Roi. Les dépêches conservées au British Museum
et dans les Archives de Simancas, nous montrent
Coligny révélant les secrets d'Etat que lui confie son
maître, et Trockmorton négociant avec l'austère
Amiral « la reddition des trois ports de Calais, de
Dieppe et du Hâvre, ou tout au moins de l'une des
trois places ».

« Le 20 septembre 1562, le traité d'Hamptoncourt
valide ces pourparlers de coin de bois et l'une des
clauses adjuge aux protestants «cent mille écus d'or»
en échange de la seule ville du Hâvre et de son
port.

« C'est vraiment pour rien et le vertueux Coligny
s'estime trop peu.

« Le 5 octobre suivant, le grand homme auquel
certains huguenots français dresseront, à Paris, trois
siècles plus tard, au cours des débats du procès Ba-
zaine, avec la cotisation de notre vainqueur, une
statue « vengeresse », — ce grand homme introduit
— contre de beaux écus sonnants — les soldats du
comte de Warwick dans la cité dont Charles IX l'a
nommé gouverneur.

« Le lendemain, Dieppe subit le même sort, et bientôt l'ennemi, maître d'Etampes et de Dourdan, va
camper sous les murs de la capitale — lorsque le duc
François de Guise renouvelle à Dreux les exploits de
Jeanne d'Arc et sauve à temps la nationalité française !... » (Gallus).

Le traitre Coligny, « ce fanatique vraiment barbare », dit l'historien protestant Mackintosh, Coligny, dont le parti aujourd'hui triomphe en France,

triomphe lui-même « modestement », comme le dit,
quelque part le Sar Peladan, en sa statue, près du
Louvre, derrière ses barreaux, et tel un fauve, semble
encore menacer le Louvre. « On conserve encore
à Londres, dit Drumont, le traité conclu à Hamptoncourt, et qui liait la cause de l'Angleterre à celle
des Huguenots ». « *Coligny* fait tuer Guise par
Poltrot de Méré ; à Angoulême, *il renouvelle les tor-
ches vivantes de Néron avec des religieux. Toute
sa vie il pactise avec l'Etranger* et inonde la France
de reîtres allemands ». Drumont, dans « la France
Juive », explique comment les huguenots, maîtres de
Paris, s'apprêtent à marcher sur le Louvre pour
détrôner Charles IX, la cour donna l'ordre à ses
soldats d'attaquer les premiers. Les soldats, moins
nombreux que les protestants, furent appuyés par
les Parisiens.

Aux timides auxquels répugnent les violences, et
qui préfèrent la fuite à la défense, même quand il
s'agit de sauver leur nationalité, nous ferons remarquer qu'un seul Français, Tavannes, fit partie du conseil secret qui décida la St-Barthélemy ; les autres
étaient, outre Catherine, le chancelier Birague, originaire de Milan, Albert de Gondi, florentin, le
comte de Nevers, fils du duc de Mantoue (V. Cénac,
III, 561).

La question religieuse ne fut pour rien dans les
guerres de religion et dans la St-Barthélemy. La politique de Catherine fut d'abord toute de concession.
« Les scrupules religieux tenaient si peu de place
dans l'esprit de la reine et du roi, qu'ils avaient

donné la main de Marguerite à Henri de Bourbon ».
(id.). Des instincts d'opposition, des intérêts politiques ou privés purent, seuls, fournir des adeptes à
la Réforme. Son esprit était trop opposé au caractère
français. Au fond, le Français est l'ennemi du rationalisme. Mais, amoureux de sa liberté et respectueux
de celle d'autrui, il ne persécuta jamais les croyances
des autres. Il est évident qu'au XVIᵉ siècle, la question religieuse ne fut qu'un prétexte. Le combat des
ambitions de toute nature est également loin d'être
une raison suffisante pour expliquer toutes ces luttes.
Ambitieux ou désintéressés, les hommes d'action
ne sont que les jouets de forces qu'ils ignorent.
Les Guises incarnèrent l'instinct national réveillé,
qui s'éleva contre l'esprit étranger et repoussa la
conquête étrangère, cachés sous le protestantisme
Jamais les convictions religieuses, à cette époque
corrompue, n'eurent été assez vives pour déchaîner
des guerres.

De ce que les Guises prétendaient descendre des
Carlovingiens et considéraient Hugues Capet comme
un usurpateur, c'est orgueil et ambition de noble. —
Louis XIV ne voulait-il pas à toute force être un
Franc ? — et cela n'infirme en rien cette vérité,
qu'ils furent les sauveurs de la nationalité française.
Leurs ennemis leur reprochent de s'être alliés aux
Espagnols : mais en agissant ainsi, ils s'unissaient à
un peuple de même race que la leur, et l'ennemi
était l'ennemi de la Race Celtique tout entière, le
SAXON, ou le protestant, celte il est vrai, mais traître à sa race, agent, conscient ou non, de la race
ennemie.

L'Albigéisme Templier-Sémite avait pénétré en Allemagne et en Angleterre ; il y prit au xvi⁰ siècle la forme du protestantisme. On pourrait s'étonner de voir le protestantisme avoir si peu de succès dans le midi de la France, où il ne trouva de fidèles que chez les descendants des Vaudois. C'est que, bien que d'essence sémitique comme l'Albigéisme, le protestantisme était loin d'avoir les mêmes dehors.

Le méridional est trop frivole pour avoir la foi vive du Celte pur et aussi pour se perdre dans les raisonnements philosophiques du Saxon. Il s'attache surtout aux apparences, et les apparences protestantes sont loin d'être séduisantes ; il adore la beauté, et le protestantisme la hait.

C'est sans doute pour cette raison que les réformés eurent tant de goût pour le genre laid et antifrançais que la Pléiade essaya d'imposer à la France. La noblesse et la bourgeoisie repoussèrent cette poésie qui rendait ridicule le nom de poète, pour employer l'expression de Pasquier. Les « intellectuels » de l'époque seuls admirèrent ces poètes, et à la fin du xvi⁰ siècle, le calviniste du Bartas à peu près seul persistait dans ce genre : renié par la France, du Bartas fut porté aux nues par les protestants d'Angleterre et d'Allemagne.

Si grâce, à l'école de Marot, qui continue Villon et les trouvères, sous la protection de la cour et du Parlement, de Malherbe et de Régnier, la poésie française fut ramenée progressivement dans sa voie, le théâtre en souffrit davantage : la marche régulière de son progrès fut entravée et le dégoût que produisit l'esprit gréco-romain à l'emphase ridicule fit tomber dans un excès contraire, la bouffonnerie italienne.

Sur le terrain philosophique, le point de départ de la scolastique et son application étaient l'effet des qualités celtiques : la précision, la clarté, le bon sens. En exagérant ces qualités, et en oubliant les idées pour les mots, en ergotant, en se montrant en cela plus gaulois que celtes, après s'être laissés influencer par l'esprit sémitique dans la philosophie, les scolastiques rendirent leur science grotesque et obscure.

Rabelais, le grand Celte du xvie siècle, philosophe moraliste, renverse la dialectique outrée ; Sphinx qui se cache sous un habit d'Arlequin, il continue les fabliaux, et aborde les plus grands problèmes avec la profondeur et le bon sens celtiques, tout en les voilant sous l'ironie, autre face de l'esprit celtique.

Montaigne, mi-celte, mi-juif, offre un curieux exemple de la réaction réciproque des esprits opposés des deux races. Quand deux morales différentes se combattent dans un homme, le résultat de cette lutte se traduit chez l'homme d'action par la perversité des actes, c'est-à-dire que l'homme suit un jour une morale, un jour l'autre. Chez l'écrivain, qui, n'étant pas aux prises avec les difficultés de l'existence de l'homme d'action, peut, en étant tout aussi déséquilibré, raisonner avec plus de lucidité sur les idées, les sentiments et les actes des hommes, la perversité innée prend le nom de doute philosophique : il décore alors du nom de scepticisme, l'impuissance cérébrale qui lui défend d'avoir des convictions. Mais on aurait tort d'appliquer intégralement ces réflexions à Montaigne. S'il est partisan de la morale indépendante, s'il légitime le suicide, il a du Celte le bon sens et la foi, dont il poursuit l'accord avec la science.

Tout autre figure est celle de Montluc. Catholique couvaincu, il a le culte du courage, du devoir; il a aussi le culte de la Royauté. C'est le Celte qui voit dans les Huguenots, non des hérétiques, mais des rebelles, et qui défend sa race, sa nation et son roi. S'il est fanatique, son fanatisme est patriotique et non religieux. On lui reproche avec raison d'avoir égorgé des parlementaires. Il ne faudrait pas s'en faire une arme contre les catholiques d'alors, car, en agissant ainsi, « Montluc ne fait que se venger d'un adversaire qui a traité son ennemi de la même façon dans des circonstances identiques. Il n'offre pas à Dieu l'extermination des impies ; il punit le massacre des catholiques d'Orthez, égorgés par les soldats de Montgomery, bien qu'ils eussent capitulé et déposé les armes » (C.-M.).

On peut dire qu'à part Rabelais en France. et Shakespeare en Angleterre, les écrivains du XVIᵉ siècle sont dépourvus d'originalité. Et Shakespeare semble avoir surtout pour but d'idéaliser le mal. Rabelais, nous l'avons dit, est un Celte : il continue le Moyen-Age, quand la Renaissance veut en détruire l'œuvre.

L'Art de la Renaissance est ce qu'est sa littérature en général, l'apothéose du sensualisme.

L'idéalisme, et en réalité le mot art est synonyme
d'idéalisme, meurt avec le Moyen-Age. Il se cor-
rompt déjà au xvᵉ siècle, en même temps que les
lettres déclinent : effet, déjà de l'influence romaine
et aussi des catastrophes que la France subit. La
Révolution et le Premier Empire seront témoins
d'une semblable décadence. « C'est le paganisme »,
dit Peladan, qu'on ne saurait trop citer quand il
s'agit d'art, « c'est le paganisme qui a fait dévier en
pastiche gréco-romain l'évolution de tout l'art moderne, lors de ce cataclysme esthétique qu'on qualifie
du beau mot de Renaissance ». On croit alors « retrouver l'Antiquité, on ne retrouve que Rome, cette
caricature d'Athènes, » qui elle-même copia l'Egypte.
La Renaissance est l'envoûtement du génie celtique
par le génie païen et saxon. Il est intéressant de citer ici l'opinion d'un Juif sur la Renaissance, de le
voir défendre le Génie Celtique et Français, alors que
tant de Celto-Gaulois, traîtres maladroits ou stupi-
des, s'agenouillent devant les importations étrangères, aussi bien dans l'histoire qu'aujourd'hui. « La
Gaule Romaine, dit *Salomon Reinach*, dans le
deuxième volume du Catalogue du Musée des Anti-
quités nationales, *dont il est conservateur*, « la
Gaule Romaine est restée médiocre dans le domaine
de l'Art, parce que les tendances du génie national
étaient, comme nous l'avons montré, en conflit avec
les leçons qui lui venaient du dehors. Lorsque la
France aura un art original, au xiiᵉ siècle, c'est par
l'évolution libre de son génie, et le Contact de la Re-

7

naissance italienne sera loin, comme on sait, de lui profiter ».

Il y a, dans cette pensée, des conseils précieux dont nous devrions bien faire notre profit. Nous y reviendrons lorsque nous dirons quelques mots des Juifs.

Le Moyen-Age n'a parmi les peintres d'autres héritiers que Léonard de Vinci, Raphaël et Michel-Ange, et, en réalité, ils appartiennent tous trois beaucoup plus au Moyen-Age qu'à la Renaissance. Les sculpteurs autres que Michel-Ange copient servilement les Grecs. C'en est fait de la sculpture française, née en France comme l'Architecture Ogivale ou Celtique, cette sculpture d'une telle beauté que Peladan a pu dire sans exagération qu'une visite au Musée de sculpture comparée du Trocadéro convainc de cette vérité, que « le génie français égale le génie grec comme exécution et le surpasse comme conception. »

Quant à l'Architecture, elle déchoit au xv⁵ siècle, comme les autres arts et les lettres. L'ogival tertiaire ou flamboyant est une dégénérescence, une féminisation de l'Art Celtique. Mais enfin, c'était toujours l'Architecture Nationale, et il fallait la Renaissance pour nous imposer l'architecture gréco-romaine à qui nous devons des monuments comme la Chambre des Députés et la Bourse, suffisants, d'ailleurs, pour servir, comme cela est, de mauvais lieux.

Le style architectural de la Renaissance est la parodie du style romain, parodie lui-même du style grec qui avait au moins l'immensité, sinon la grandeur.

CHAPITRE IV

ORIGINES DE LA RÉVOLUTION ET RÉVOLUTION

§ 1. — La fin du XVIe siècle. Henri IV.

Ligueurs et protestants s'étaient combattus avec acharnement. Il faut regretter les excès des uns et des autres, mais on ne peut méconnaître que les ligueurs avaient extirpé de la France un chancre qui menaçait de la ronger, et d'en faire la proie facile des ses ennemis.

Dès le xive siècle, la bourgeoisie s'était approchée du pouvoir par les Lettres et par le Droit. Elle prit, a-t-on dit, à la tradition romaine, le sérieux et la dignité qui manquaient aux fils des auteurs légers et frondeurs des fabliaux et des soties. Non, le Tiers-État est celte de sang ; il joue de l'ironie, mais il est profondément sérieux et réfléchi. Les poètes des fabliaux, et l'auteur de Gargantua sont des Celtes qui cachent sous un habit grotesque, qu'ils rejetteront comme une guenille désormais inutile quand ils seront plus forts, une pensée réellement profonde.

Si l'esprit gaulois du Français se montre exubérant plus que de raison dans les jongleries, les soties, dans le théâtre du Moyen-Age et du xvie siècle, où l'italianisme le corrompit, d'ailleurs ; s'il s'étale sur ce plan secondaire et assourdit parfois de son fracas, ce n'est pas lui, mais l'esprit celtique, qui domine dans une phase importante comme celle qui se manifesta par la naissance et l'établissement des Parlements, qui suppléèrent, en une certaine mesure, à l'insuffisance des Etats-Généraux.

Après les luttes dues à l'insurrection protestante, quand le moment fut venu d'arrêter les violences, surgit le parti des Politiques. Le Celte n'est bon qu'à se dévouer, à se sacrifier ; il ne se défend pas, ou se défend mal. On a vu que ce furent les Italiens de l'entourage de Catherine qui décidèrent la mesure de défense de la St-Barthélemy. L'Italien exécuta le Celte traître à sa race. Plus tard, un Italien encore, Napoléon, rétablira l'ordre en France. Le Celte, avec le parti des Politiques, va mettre un terme aux cruautés, aux corruptions qui devenaient à leur tour, du fait de l'Italien, un danger pour la France.

Les Politiques, anti-protestants comme les Ligueurs parce qu'ils considéraient les idées huguenotes comme antipathiques au caractère celto-gaulois, sont partisans de la liberté pour tous. Ils ont la générosité *souvent imprudente* du Celte : Ce sont eux qui mettent sur le trône Henri IV. La Monarchie nationale était sortie victorieuse de ses luttes avec la République saxonne des protestants.

Avec Henri IV, l'absolutisme étant très adouci, ceux qui s'étaient jetés dans le protestantisme pour lutter contre l'absolutisme n'avaient plus de raisons pour défendre une cause politique aussi antinationale. Quant aux autres, qui propageaient consciemment sous le couvert de la religion, des doctrines politiques et sociales si contraires aux instincts et aux aspirations de leur race, quant aux ambitieux agents d'une race étrangère, ils étaient désarmés ; je veux dire que devant les concessions que leur fit Henri IV, qui leur octroyait tout ce qu'ils désiraient, ils n'avaient vraiment plus de prétexte pour lutter ouvertement. Qu'on en juge par ce qu'en dit Hanotaux : « L'Edit de Nantes n'est pas un acte émanant de la volonté libre du roi, c'est la promulgation d'un traité conclu après un long débat, avec le parti huguenot en armes..; son objet n'est nullement d'établir le règne de la paix et de la tolérance sous un gouvernement unique, mais bien d'attribuer à une partie de la nation des libertés particulières qui la constituent en corps indépendant ».

« L'Etat reconnaît aux protestants «le droit de s'organiser et de tenir sa volonté en échec, par l'entremise d'institutions politiques régulièrement constituées et, au besoin, par le recours à la force ».

« Dix-huit jours après la promulgation de l'Edit, le roi avait signé les *seconds articles secrets*, qui laissaient aux mains des protestants, pour une période de huit années, toutes les places et châteaux, occupés par eux au mois d'août 1597... La Réforme française disposait d'environ cent cinquante places fortes. La plupart d'entre elles, groupées dans l'Ouest et dans le Sud, commandaient la moitié du territoire et offraient une base d'opérations solide à toute tentative de rébellion ou de guerre civile. Le roi s'engageait à payer régulièrement une somme de

180.000 écus pour l'entretien des garnisons et des places de sûreté.

« En 1608, l'ambassadeur vénitien Angelo Badoër, dit qu'il y a 3.500 gentilshommes protestants qui peuvent, rien qu'en France, mettre sur pied une armée de 25.000 hommes... Cette force redoutable, ces cent cinquante places dont la remise entre les mains du roi avait été prorogée à chaque échéance, ces assemblées fréquentes dont les réunions tumultueuses bravaient l'opinion des catholiques et excitaient les passions, cette polémique acerbe et irritante, en un mot l'existence d'une *opposition méfiante* et redoutée, *appuyée sur le parti aristocratique et sur le Midi séparatiste, toujours prêt à solliciter le secours de l'étranger*, était, pour la politique française, une entrave sur laquelle la perspicacité de l'ambassadeur vénitien ne s'est pas trompée.« N'est-il pas étonnant, dit-il, que ce roi, qui est d'ailleurs le plus puissant, peut-être, entre les princes chrétiens, en soit réduit à compter et à temporiser avec ses propres sujets, sans pouvoir penser à quelque entreprise au dehors ; à l'exemple de ses aïeux, et que *ses propres sujets* lui soient *plus redoutables que des ennemis déclarés aux autres nations* ? »

« Telle était la conséquence des guerres de religion et de l'édit célèbre qui les avaient suspendues plutôt que terminées. La *rebellion et la guerre demeuraient à l'état latent* dans le royaume.

« On le vit bien, au lendemain de la mort de Henri IV.

« Malgré le soin que prit la régente de confirmer

l'Edit, les protestants demandèrent et obtinrent bientôt l'autorisation de se réunir à Saumur. L'Assemblée résolut de créer des *Assemblées de cercle*, constituant ainsi, à l'état permanent dans chacune des régions de la France, un conseil délibératif et exécutif chargé de surveiller et de défendre les intérêts des protestants. Les membres de ces assemblées prêtaient le *serment du secret* et juraient de se soumettre aux décisions de la majorité. Ce n'était plus la lutte à visage découvert, c'était la *conspiration latente et je ne sais quelle franc-maçonnerie obscure, poussant sous le sol national ses galeries souterraines.* Cette fois, la mesure était comble, et Richelieu devait mettre bientôt, au premier rang de ses griefs contre les protestants, cet empiétement suprème, incompatible avec l'exercice d'un pouvoir régulier dans le pays. »

On se demande vraiment, après avoir lu ce qui précède, comment il faut qualifier l'acte de Henri IV. Contentons nous de dire que sa tolérance fut poussée jusqu'à l'aveuglement. Les efforts de Richelieu ne parvinrent pas à corriger ce que cet Edit avait de néfaste et il fallut l'énergie de Louis XIV, qui révoqua l'Edit de Nantes, pour y réussir.

La vengeance des Templiers n'était pas satisfaite. Les protestants allaient y joindre la leur. La Révolution devait les accomplir.

§ II. — Les Prodromes de la Révolution

A partir du xviiie siècle, les éléments anticelti-
ques, antichrétiens, antifrançais, vont manifester
leur hostilité contre la France d'une façon de plus
en plus évidente ; en même temps, ils révèleront de
plus en plus la solidarité de leurs doctrines et de
leur action. Néanmoins, il faudra deux siècles
pour que cette vérité devienne claire pour tous.
C'est ce qui était réservé à la fin du xixe siècle et au
commencement du xxe. Alors, il n'y aura plus d'a-
veugles. Il y aura en présence deux forces, le parti
français et le parti internationaliste, et surtout an-
tinational, c'est à-dire d'une part le nombre, sans
direction, oublieux des principes, indifférent, apa-
thique, et de l'autre un parti puissant, énergique,
ayant à son service une association admirablement
organisée, et dont les chefs *réels* disposent du levier
le plus puissant, le seul puissant de notre époque,
l'*Or*.

L'oubli de la Tradition Celtique, tradition qui op-
posait les deux pouvoirs, le pouvoir social des assemblées des gouvernés, élues qualitativement,
d'après les professions et les aptitudes, et non quan-
titativement, et le pouvoir politique des gouvernants, oubli qui parait avoir été nécessaire à la formation de l'unité française, mais qui ne fut pas répa-
ré en temps voulu, facilita beaucoup à l'ennemi

intérieur et extérieur de la France, l'œuvre néfaste de la Révolution française. Louis XVI hésitait devant l'opportunité des réformes résolues. La France traversait une crise, et l'énergie manquait chez ses gouvernants. Mais ce n'était qu'une crise, et lorsqu'il s'agissait de transformer un régime qui paraissait devoir être immuable, on s'explique qu'un roi, qui comme homme était presque un saint mais qui comme roi était médiocre, ait eu des hésitations regrettables, avant d'avoir des faiblesses funestes devant l'anarchie.

Mais, cette crise, c'est l'étranger et l'agent de l'étranger qui en fit une révolution. La Maçonnerie, Rousseau et les Encyclopédistes en sont responsables.

Tout le monde connaît aujourd'hui l'origine des doctrines maçonniques. Sa philosophie est celle des Juifs d'Alexandrie : c'est le Rationalisme Gnostique, dépouillé petit à petit de ses tendances mystiques, et d'où étaient sorties déjà les diverses sectes manichéennes, gnostiques et protestantes. « Le dogme des *deux principes*, dit Ragon, enseigné sous l'allégorie de la lumière et des ténèbres, forme en effet le fond de la maçonnerie ». (Cours Interprétatif, p.174) Le même auteur maçonnique appelle les gnostiques « nos ancêtres clairvoyants. » Quant aux rapports politiques, sociaux et philosophiques de la Franc-Maçonnerie avec le protestantisme, la Revue Maçonnique, Latomia (Liv. I. Ch. XII, § 14), les consacre en disant que le protestantisme est « la moitié de la Maçonnerie ».

Les doctrines politico-sociales des Maçons, qui les mèneront de l'Anarchie d'en bas à l'Anarchie d'en haut, du despotisme de la populace au despotisme d'un César, sont celles des Templiers. L'association maçonnique résulte de la fusion des Templiers, des Rose-Croix et des autres gnostiques qui avaient continué la tradition manichéenne et albigeoise. Elle prit le nom d'une corporation d'ouvriers, et établit son organisation et ses rituels en des formes sémitiques jusque dans les détails.

Quant à son but, il n'est plus déguisé : c'est la domination universelle. Pour y arriver, il fallait renverser la Papauté et le Catholicisme rival, les Rois, briser pièce à pièce toute Autorité basée sur les principes chrétiens, et détruire de fond en comble la Civilisation chrétienne.

Les Sociétés secrètes du Moyen-Age avaient déjà eu pour but la création d'un Empire Européen, aussi luttèrent-elles contre la Papauté au bénéfice de l'Empereur : il était trop tôt, elles échouèrent. Au XVIᵉ siècle, la France repoussa l'assaut des Templiers de Luther, qui réussirent à détacher l'Allemagne et l'Angleterre de la Papauté, parceque les souverains de ces nations étaient Templiers. Il s'agissait, au moment propice, de les utiliser pour subjuguer la France. Les sociétés secrètes, adoptant une organisation uniforme, accomplirent, au XVIIIᵉ siècle, leur œuvre sourde et continue. Elles furent favorisées par l'aveuglement des nobles, qui adoptèrent les fausses idées humanitaires, et par certaines ambitions privées, celles du duc d'Orléans entre autres.

La France était le cœur du monde ; il fallait se servir de sa générosité, de son abnégation, et aussi de la frivolité de la noblesse de cour, pour arriver à la domination. Il fallait tromper l'âme française en la fascinant avec un idéal chimérique, à la conquête duquel elle épuiserait ses forces, ce qui l'obligerait à abdiquer.

§ III. — La Franc-Maçonnerie et les Prodromes de la Révolution

Le Templier anglais Elie Ashmole, qui introduisit dans la Maçonnerie la légende d'Hiram empruntée au Targum juif, avait été l'un des principaux organisateur des loges maçonniques. D'Angleterre, la Maçonnerie passa en France. « Les premières loges qui furent établies en France et en Belgique, dit Deschamps, le furent toutes par des Anglais et dans des villes où les relations avec eux étaient fréquentes ». Le fait est reconnu, d'ailleurs, par les Maçons eux-mêmes, ainsi qu'en fait foi cet extrait du « Monde Maçonnique (Juin-Septembre 1875) : « Le premier fait authentique sur la Maçonnerie espagnole constaté par des documents encore existants à Madrid et à Londres, démontre que *l'institution commença comme en France,* par délégation du grand-maître anglais ».

On trouvera, dans l'ouvrage de Deschamps, « Les Sociétés secrètes et la Société », les preuves que la

Révolution fut bien, ainsi que le dit le Maçon Louis Blanc, le résultat d'une conspiration. L'Illuminisme allemand, dont Mirabeau fut l'un des principaux agents en France, y joua le rôle le plus important. Le Convent de 1785 eut pour objet le concert en vue de l'action à entreprendre, et le Convent de 1786, réuni à Francfort, décida la mort de Gustave III et de Louis XVI. Il y a quelques années, le P. Abel, dans une chaire de Vienne, révélait que le maçon qui avait soumis au convent de 1785 la proposition du vote de la mort de Louis XVI était son propre grand-père Abel. La presse juive s'étant émue, le même prédicateur, quelque temps après, déclara qu'en essayant d'effacer cette tache de famille, il se conformait aux dernières volontés de son père, premier ministre de Bavière.

« Voilà la victime ! » s'écria plus tard Mirabeau, à l'ouverture des Etats-Généraux de 1789, en désignant le roi.

C'est de la Maçonnerie que sortit la doctrine des Philosophes Encyclopédistes, et, si les doctrines mystiques et l'impulsion révolutionnaire partent surtout d'Allemagne, la doctrine philosophique part d'Angleterre. La loge des Neuf Sœurs était composée en partie d'encyclopédistes, et si Voltaire ne fut affilié qu'assez tard à cette loge, il avait été initié depuis longtemps en Angleterre, en 1726, où, dit un maçon cité par Deschamps, « pendant trois années il mena la vie d'un Rose-Croix, toujours ambulant et toujours caché ».

Voltaire pouvait prédire la Révolution sans crainte

d'être démenti par les faits. « Tout ce que je vois,
écrit-il au marquis de Chauvelin, jette les semences
d'une révolution qui arrivera immanquablement...
La lumière s'est tellement répandue de proche en
proche qu'on éclatera à la première occasion, et
alors ce sera un beau tapage. Les jeunes gens sont
bien heureux, ils verront de belles choses. »

Dès 1752, un maçon annonce la Révolution à un
Jésuite. L'esprit qui anime votre corps, dit-il, « con-
trarie nos vues philanthropiques sur le genre humain. En assujettissant, au nom de Dieu, tous les
chrétiens à un pape et tous les hommes à des rois,
vous tenez l'univers à la chaîne. Vous passerez les
premiers ; après vous les despotes auront leur tour. »
(in Deschamps).

A son retour du Congrès de Wilhemsbad, le marquis de Virieu, député d'une Loge de Lyon, disait :
« Il se trame une conspiration si bien ourdie et si profonde, qu'il sera bien difficile et à la religion et aux
gouvernements de ne pas succomber » (id.), Cagliostro, un des commis-voyageurs de l'Illuminisme, dans
sa « Lettre au peuple français », en 1787, annonçait
l'œuvre et la réalisation des projets des sociétés secrètes, prédisait la Révolution, la destruction de la
Bastille, le renversement de la monarchie, l'avènement
d'un prince (Philippe-Egalité) qui abolirait les lettres
de cachet, convoquerait les Etats-Généraux et réta-
blirait la vraie religion ». (Le Couteulx de Canteleu).
Quant au comte de Saint-Germain, si nous en croyons
les extraits des souvenirs inédits de la comtesse
d'Adhémar, amie de la Reine, publiés par Madame

Cooper Oakley dans le Lotus Bleu (1899) il aurait également annoncé à la Reine la Révolution dans ses détails, et les évènements postérieurs, bien postérieurs, même : La France, dit-il à la Reine, sera « *royaume, république, empire*, état mixte, tourmenté, agité, déchiré... elle sera *divisée, morcelée, dépecée... des gens de grand appétit dévoreront les finances.* Quelque 50 millions forment aujourd'hui un déficit au nom duquel on fait la Révolution ; eh ! bien, sous le *dictatorat des philanthropes, des rhéteurs*, des beaux diseurs, *la dette de l'Etat dépassera plusieurs milliards* ». Il aurait fait tous ses efforts pour entraver l'œuvre de la Révolution, qu'il appellera l'ouvrage « infernal » du démon Cagliostro. Bref ces révélations curieuses tendraient à prouver que Saint-Germain, malgré tout ce que nous savions de lui auparavant, était un défenseur de la Royauté. C'est une question qui mériterait d'être approfondie.

Rousseau avait été le doctrinaire de la Révolution. Son œuvre va être le catéchisme des Jacobins. Elle se résume en peu de mots. Il ne tient aucun compte des races, des nationalités, des époques, du degré d'évolution des peuples, et veut tout reconstruire sur un même plan. L'homme est né bon ; s'il est mauvais, c'est la civilisation qui en est cause : il faut donc la détruire. Et là-dessus les philosophes et jacobins vont tabler, et aller de l'humanitairerie la plus vague et de la sensiblerie la plus grotesque à la plus sanglante des hécatombes. Marat, suisse et calviniste, sera le très logique réalisateur de la première partie du programme de Rousseau, suisse et calviniste. Les Jacobins et Terroristes seront conséquents avec leurs principes. Les Girondins ne le seront pas.

Aux socialistes imbéciles qui voulaient admettre exclusivement dans leurs groupes les hommes de profession manuelle, Jules Guesde, après avoir dit que repousser les éléments cérébraux, c'était réduire les efforts des socialistes à des émeutes stériles, rappelait, ou plutôt apprenait que « les déserteurs de la classe maîtresse ont toujours été les bienvenus dans la classe sujette, qu'ils n'ont pas peu contribué à affranchir ».

Les nobles, en effet, en adoptant, répandant et défendant avec enthousiasme les « idées philosophiques », ont largement contribué au succès de la Révolution. Et que de nobles, plus tard, parmi les chefs de la Révolution ! On pourrait citer aussi nombre de prêtres renégats, qui toujours se rangèrent parmi les Jacobins les plus odieux. Rien n'est comparable à la haine du renégat.

La noblesse, la noblesse de cour, surtout, dégénérée, se laissa duper par les philosophes, pendant qu'on la poignardait dans le dos. Elle nous gratifia de l'anglomanie. Tout ce qui venait d'Angleterre, déjà, à cette époque, était adopté. « L'énorme succès de la Maçonnerie, dit Saint-Yves, était venu surtout de sa nouveauté d'Outre-Manche ». Ceux qui étaient près du trône et devaient se constituer les gardiens des traditions de la Race et de la Nation et se laissèrent griser par de vains mots, furent en grande par-

tie cause que la France agonise, depuis cent ans,
d'avoir renié son passé. Nous verrons toujours depuis cette époque, la Maçonnerie faire miroiter les
mêmes mots aux yeux du Gaulois gobeur, pendant
que le Celte souffre.

Le noble ne se borna pas à faire en faveur des
idées maçonniques une campagne de salons ; il fut
parmi les plus ardents, parmi les membres des diverses branches de l'Ordre Maçonnique. Il expia
durement son erreur, son crime, dont les Maçons ne
lui savent du reste aucun gré. On lui reproche d'a-
voir renoncé trop tard à ses privilèges : en oublie
que l'emphatique et un peu ridicule déclaration de
la Nuit du 4 août ne fut que la consécration d'un
principe adopté.

Les nobles et autres défenseurs de la Tradition Celto-Chrétienne ont montré du mouton la bêtise et la
douceur ; ils ont éprouvé le besoin d'aller à l'abattoir.
J'en excepte, bien entendu, les trop peu nombreux
VENDÉENS, CHOUANS, CHEVALIERS DU GLAI-
VE et autres BAGAUDES de l'époque. Ainsi que le dit
Taine la noblesse aurait pu résister ; elle ne le voulut point : l'aristocratie qui n'émigra point alla volontairement à l'échafaud. La Maçonnerie avait
soufflé aux nobles des idées idylliques qui les désar-
mèrent et dont elle profita : pour épargner les bour-
reaux, les nobles laissèrent égorger les victimes :
leurs femmes, leurs enfants, eux-mêmes. Quant au
roi, un très saint homme, il ne fit pas son devoir de
roi : « Louis XVI est résigné à tout, sauf à tirer l'é-
pée, et son attitude est celle d'un chrétien dans un

cirque, » dit Taine. Le Roi pouvait étrangler la Révolution dans l'œuf. Il aurait dû se rappeler que le
« maintien de la société et de la civilisation est un
bien infiniment supérieur à la vie d'une poignée de
malfaiteurs et de fous, que l'objet primordial du
gouvernement, comme de la gendarmerie, est la pré-
servation de l'ordre par la force, qu'un gendarme
n'est pas un philanthrope, que s'il est assailli à son
poste, il doit faire usage de son sabre, et qu'il manque à sa consigne lorsqu'il rengaîne de peur de
faire mal aux agresseurs. Il ne sait plus que son devoir est d'être homme d'épée, qu'en se livrant il livre l'Etat, et qu'en se résignant comme un mouton,
il mène avec lui tous les honnêtes gens à la bouche-
rie ». (Taine). *Tous les honnêtes gens* en effet, et
non-seulement les nobles. « *Sur les listes de guil-
lotinés*, dit encore Taine, *de détenus et d'émigrés,
les hommes et les femmes de condition inférieure*
sont en nombre immense, *en plus grand nombre
que leurs compagnons de la classe supérieure et
de la classe moyenne mis ensemble* ».

Les idées philosophiques, au moyen des loges,
se répandirent rapidement. La Société ne parlait
que de transformer le régime sous lequel la France
vivait. On était prêt à appliquer à la France « tous
les systèmes, romain, grec, anglais, sauf le sien, »
dit Saint-Yves. Dans ses dernières remontrances, le
Parlement, en signalant le danger de tout détruire
et de tout reconstruire, se montra, en cela défenseur
de la Tradition.

La Tradition Celto-Chrétienne, nous la trouvons

dans les cahiers des Etats-Généraux, qui ne sont que le développement des vœux des assemblées précédentes. Là, malgré l'influence des loges provinciales, se révèle et se manifeste l'Ame Celtique. Elle veut le rétablissement de la souveraineté sociale de la nation, bien différente de la souveraineté politique. Elle veut la périodicité ou au moins la convocation fréquente des Etats. Déjà, en 1787, les divers ordres des Assemblées provinciales avaient été généralement d'avis que la représentation du pays au moyen des Etats-Généraux était une nécessité et s'imposait, et, en 1788, clergé et noblesse avaient soutenu le Parlement, qui voulait la réunion de ces Etats.

Tout le monde était d'accord sur les réformes à accomplir ; la noblesse, le clergé, les cahiers en font foi, préviennent les désirs du peuple. Le roi était prêt à accepter les réformes, beaucoup déjà étaient faites, ou sur le point de l'être ; enfin la Déclaration royale du 23 juin 1789 accorde au peuple « toutes les libertés dont des naïfs et des faussaires font honneur à la Révolution ». (G. Romain). Malheureusement pour la France, était déjà décidée par les sectes une Révolution que personne, en dehors de leurs membres, ne désirait. La Maçonnerie trouvait chez l'étranger une complicité intéressée. Outre que les monarchies anglaise et prussienne étaient d'essence templière, les gouvernements anglais et prussien virent dans la Révolution un moyen d'abaisser la France.

Mais le retour à la Tradition par les Etats-Géné-

raux ne fut qu'une lueur. Poussé par le duc d'Orléans et le suisse anglomane Necker, le roi commit
la faute de donner au Tiers la double représentation.
« C'était tuer le fonctionnement social, y évoquer
exclusivement celui de la république des cités, et
inciter celle-ci à se mettre eu dualisme politique avec
une dictature monarchique sans force ». (St-Yves).

En effet, cette intervention du duc d'Orléans, grand-maître du Grand-Orient, arrachant
cette décision au roi, causait fatalement l'anarchie.

Rapprochons cette constatation de ce que dit
Saint-Yves dans la « France Vraie » et nous serons
fixés sur le rôle de la Maçonnerie et principalement
de l'Illuminisme allemand. « En 1875, Mirabeau,
chargé d'une mission secrète en Prusse par M. de
Vergennes, s'était fait recevoir, par un élève de
Knigge, dans les conciliabules des Illuminés de *Weishaupt*. De retour à Paris, il avait introduit les nouveaux mystères dans sa loge des Philalètes, et fait
adopter les *principes de l'association germanique*
non-seulement au *duc d'Orléans*, alors Grand-
Maître de la Maçonnerie en France, mais à l'évêque-
prince de *Talleyrand*, à *Condorcet*, à *Brissot*, aux
abbés *Siéyès* et *Grégoire* ». Et « ce sont précisément
ces mêmes hommes qui vont bientôt faire passer les
Etats-Généraux de l'ordre social au désordre d'une
seule chambre politique ». C'est Siéyès « qui mettra
fin au fonctionnement des Etats-Généraux en suggé·
rant l'idée de la réunion des ordres, ce qui était faire
des deux premiers les prisonniers d'Etat et les otages

du Tiers. C'est l'Abbé qui rédigera le Serment du
Jeu de Paume. Le 23 juin, après les tonitruantes paroles de Mirabeau, c'est encore l'Abbé qui d'un mot
aigu et froid fixera dans l'Histoire le clou d'un coup
d'Etat civil des Communes. « Nous sommes aujour-
d'hui ce que nous étions hier : délibérons. » C'est
l'Abbé qui tracera le plan de la fameuse déclaration
des droits de l'homme, et sa pensée amalgamée à
celle de Calvin par Rousseau se communiquera à
ses collègues sous forme de la brochure : *Reconnaissance et Exposition des droits de l'homme et du citoyen, 1789.* Comme membre du Comité de Constitution, c'est toujours Siéyès qui sera le promoteur
de la division de la France par départements :
*Aperçu d'une nouvelle organisation de la Justice et
de la police en France, mars 1790.* Il votera la
mort de Louis XVI sans sursis, et se prononcera
contre l'appel au peuple à ce sujet. Il sera membre
du Comité de Salut public pendant l'an III, président
de la Convention, puis du Conseil des Cinq-Cents,
et pour que cette existence symbolique ait sa complète signification, après avoir fixé dans l'Histoire
le premier clou de l'accident, il en enfoncera le dernier, le 19 brumaire. Lorsque Bonaparte, à Saint
Cloud, sortira du Conseil des Cinq-Cents, pâle, défait, sentant crouler son destin, manquer le coup-
d'état conseillé par Siéyès, celui-ci lui dira tranquil-
lement : « Ils vous ont mis hors la loi, mettez-les
hors la salle. » Il est presque impossible de calculer
le nombre d'existences humaines, la quantité de
milliards, les catastrophes intérieures, les chocs mi-

litaires du dehors qui nous eussent été épargnés, si
en fait d'ordre social l'abbé Siéyès avait aussi bien
connu et pratiqué la Loi du *Pater Noster* que la
Loi d'Aristote ».

Quel est donc ce *Weishaupt* qui fit de si brillants
élèves ? C'est l'âme de la Maçonnerie au xviii° siècle. Il est intéressant de connaître ses doctrines,
n'est-ce pas ? Elles ne sont pas voilées d'un mysticisme
obscur, ces doctrines du chef des Illuminés, chefs
eux-mêmes des maçons du monde entier, qu'ils diri-
gèrent, soit directement, soit par l'entremise de l'Ordre du Temple. Il ne faut pas se méprendre sur le
sens du mot d' « Illuminés ».

Voici quelques citations extraites des écrits du
Maître :

« Pour rétablir l'homme dans ses droits primitifs
d'égalité et de liberté, *il faut commencer par détruire toute religion, toute société civile et finir
par* l'abolition de la propriété ». (Cité par Eckert).

« Le *Nationalisme*, ou l'amour national, prit la
place de l'amour général..... Diminuez, *retranchez
cet amour de la patrie*, les hommes de nouveau apprennent à se connaître et à s'aimer comme hommes
etc ». (Cité par Bazot, secrétaire du Grand-Orient).

« *Ces gouvernements démocratiques ne sont pas
plus dans la nature que les autres gouvernements*..
Soyez égaux et libres, et *vous serez cosmopolites*,
ou citoyens du monde. Sachez apprécier l'égalité,
la liberté, et vous ne craindrez pas de voir brûler
Rome, Vienne, Paris, Londres, Constantinople, et
ces villes quelconques, ces bourgs et ces villages, que

vous appelez votre patrie. Frère et ami, *tel est le grand secret* que nous vous réservions pour ces mystères ». (Neuvième partie du Code Illuminé).

« Dites à vos élèves qu'ils ne doivent *chercher que la bonté du but,* qu'antiquité, puissance, richesse, tout cela doit leur être indifférent, que *la fin justifie* les moyens » (Voir Deschamps).

Ce n'était pas un conspirateur vulgaire, ni un ambitieux comme Philippe-Egalité, qui, comme tout chef apparent, ne fut qu'un instrument dans les mains de la Haute-Maçonnerie. C'est un homme obscur qui gouverna le Monde un moment, et vit ses idées et ses efforts vainqueurs. La Révolution, qui gouverne la France depuis cent ans, ne fait que réaliser petit à petit le programme des rituels de Weishaupt. Voici comment le juge, l'historien franc-maçon Louis Blanc : « Par le seul attrait du mystère, dit-il, par la seule puissance de l'association, soumettre à une même volonté et animer d'un même souffle des milliers d'hommes. pris dans chaque contrée du monde, mais d'abord en Allemagne et en France ; faire de ces hommes, au moyen d'une éducation lente et graduée, des êtres entièrement nouveaux ; *les rendre obéissants, jusqu'au délire, jusqu'à la mort, à des chefs invisibles et ignorés ;* avec une légion pareille *peser secrètement sur les cœurs, envelopper les souverains, diriger à leur insu, les gouvernements* et mener l'Europe à ce point que toute superstition fut *anéantie, toute monarchie* abattue, tout privilège de naissance déclaré injuste, *le droit même de propriété aboli :* tel fut le plan gigantesque du fondateur de *l'Illuminisme* ».

Mais il nous faut nous borner. Le lecteur trouvera cette question étudiée en détail dans les ouvrages de Deschamps et du comte Le Couteulx de Canteleu. Rappelons, néanmoins, pour terminer, les déclarations d'un franc-maçon anglais, John Robinson, et du comte de Haugwitz, Ministre de Prusse en 1822.

« J'ai eu, dit le premier, qui écrivait en 1797, les moyens de suivre toutes *les tentatives faites pendant cinquante ans sous le prétexte spécieux d'éclairer le monde avec les flambeaux de la philosophie et de dissiper les nuages dont la superstition religieuse et civile se servait pour retenir tout le peuple de l'Europe dans les ténèbres et l'esclavage.* J'ai observé les progrès de ces doctrines se mêlant et se liant de plus en plus étroitement aux différents systèmes de la *Maçonnerie* ; enfin, j'ai vu se former une *association ayant pour but unique de détruire* jusque dans leur fondement tous les établissements religieux et de renverser tous les gouvernements existant en Europe, J'ai vu cette association répandre ses systèmes avec un zèle si soutenu qu'elle est devenue presque irrésistible, et j'ai remarqué que *les personnages qui ont le plus de part à la Révolution française étaient membres de cette association ; que leurs plans ont été conçus d'après ses principes et exécutés avec son assistance* ».

Voici maintenant des extraits du mémoire présenté au Congrès des Souverains, à Vérone, en 1822, par le comte de Haugwitz, qui avait accompagné le roi de Prusse. Après avoir donné les raisons, curiosité, désir de savoir, qui l'amenèrent dans sa jeunesse à se faire franc-maçon, et expliqué comment, arrivé aux plus hauts grades et aux plus hautes fonctions de l'Ordre, il parvint à en connaître le secret, il croit qu'il est de son devoir, arrivé à la fin de sa carrière d'insister sur le rôle et le but des sociétés secrètes « dont le poison menace l'humanité aujourd'hui plus que jamais ». « Leur histoire, dit-il, est tellement liée à celle de ma vie, que je ne puis m'empêcher de la publier encore une fois et de vous en donner quelques détails ». Il insiste beaucoup sur ce *point très important*, que *les sociétés secrètes peuvent être divisées entre elles, elles ne sont jamais désunies contre l'ennemi commun.* « La Maçonnerie était alors divisée en deux partis dans ses travaux secrets... En lutte ouverte entre eux, les deux partis se donnaient la main pour *parvenir à la domination du monde*, conquérir les trônes, se servir des rois comme de *l'ordre*; tel était leur but... Ce fut en 1777 que je me chargeai de la direction d'une partie des loges prussiennes, — trois ou quatre ans avant le convent de Willhemsbad et l'envahissement des loges par l'Illuminarisme, — mon action s'étendit même sur les frères dispersés dans la Pologne et la Russie. Si je n'en avais pas fait moi-même l'expérience, je ne pourrais donner d'explications plausibles de l'insouciance avec laquelle les gouvernements ont pu fermer les yeux sur un tel désordre, un véritable status in statu. .....Exercer une influence dominatrice sur les trônes et les souverains, tel était notre but, *comme il avait été celui des che-*

valiers templiers..... J'acquis alors la ferme conviction que le drame commencé en 1788 et 1789, la
Révolution française, le *Régicide avec toutes ses
horreurs*, non seulement y *avaient été résolus*
alors, mais encore *étaient le résultat des associations
et des serments* ». (Cité par Deschamps).

Ici devrait être étudiée l'*Affaire du Collier*. Cagliostro fut chargé par ses maîtres de déshonorer
par ses intrigues, la Royauté dans la Reine, la « Che-
valière de la Mort », comme l'appelle Léon Bloy, et
l'Eglise de France dans le Grand Aumonier de
France. Il ne réussit qu'à prouver la naïveté du Car-
dinal de Rohan. Pas plus que les Jacobins d'hier ou
d'aujourd'hui, on ne put souiller l'honneur de la
la plus noble des Reines et de la plus vertueuse des
épouses. Le Procès du Collier est analysé de main
de maître, par Le Couteulx de Canteleu dans son ouvrage sur les sociétés secrètes. Nous ne pouvons
qu'y renvoyer le lecteur.

La Révolution décidée, le plan tracé, les voies pré-
parées, l'EXÉCUTEUR, le Jacobin, va entrer en
scène.

.
. .
. .

§ 4. — Le Jacobinisme
ou l'Application des Idées Maçonniques par la Révolution

« Née en Angleterre, dit Taine, la philosophie du
XVIIIe siècle n'a pu se développer en Angleterre ».
Nous avons vu avec quel succès les philosophes

mondains avaient fait adopter leurs idées par la noblesse. La classe moyenne les adopta également. Son grand grief contre la noblesse, dû aux blessures d'amour-propre, y trouvait son compte.

« La théorie anarchique et despotique (des Jacobins) c'est le *contrat social appliqué* » (Taine). En effet qui connaît Rousseau connaît le Jacobin, qui ne fait qu'appliquer sa doctrine. Mieux, les discours filandreux et grotesques des orateurs jacobins ne seront que des paraphrases du Contrat social, dont ils feront ressortir le ridicule et aggraveront l'odieux. « Il eut mieux valu, dit Napoléon, parlant de Rousseau, il eut mieux valu pour le repos de la France que cet homme n'eût jamais existé ».

Taine expose ainsi en substance l'esprit jacobin et le programme jacobin, application des doctrines de Rousseau et des encyclopédistes.

La seule société juste est la société basée sur le Contrat social, c'est-à-dire sur l'aliénation totale de l'individu à la communauté. Le collectivisme n'est donc que la logique réalisation du programme jacobin. L'Etat a tous les droits, il est propriétaire des personnes et des choses. « En conséquence, nous, ses représentants, nous mettons la main sur les choses et les personnes ; elles sont à nous, puis qu'elles sont à lui ». Il en résulte que le peuple souverain, c'est le Jacobin et lui seul.

On ne pourra jamais accuser les Jacobins d'illogisme. Ils partent d'un principe absurde, mais ils sont conséquents avec eux-mêmes : ce précepte les amène à mettre la France dans leur poche. « Cons-

truction logique d'un type humain réduit, effort pour
y adapter l'individu vivant, ingérence de l'autorité
publique dans toutes les provinces de la vie privée,
contrainte exercée sur le travail, les échanges et la
propriété, sur la famille et l'éducation, sur la religion
les mœurs et les sentiments, sacrifices des particuliers à la communauté, omnipotence de l'Etat, telle
est la conception jacobine. Il n'en est point de plus
rétrograde, car elle entreprend de ramener l'homme
moderne dans une forme sociale que, depuis dix-
huit siècles, il a traversée et dépassée..... A Rome et
à Sparte, que les Jacobins prennent pour modèles,
la société humaine était taillée sur le patron d'une
armée et d'un couvent ». (Taine). On le voit, le Jacobinisme est aussi un nouvel assaut de l'esprit Césarien romain une nouvelle « Renaissance ». Tous les
ennemis de la Civilisation Celto-Chrétienne, se cachent derrière le Jacobin. Et ce programme, ce sera
celui des Girondins, les modérés, les hésitants plutôt, aussi bien que celui des Montagnards. C'est le
dogme selon la formule de Jean-Jacques où l'Etat
« omnipotent, philosophe, anti-catholique, anti-
chrétien, autoritaire, égalitaire, intolérant et propa-
gandiste, confisque l'éducation, nivelle les fortunes,
persécute l'Eglise, opprime la conscience, écrase
l'individu, et, par la force militaire, impose sa forme
à l'étranger. Au fond, sauf un excès de brutalité et
de précipitation, les Girondins partis des mêmes
principes que la Montagne, marchent vers le même
but que la Montagne ».

« Le Jacobin est un sectaire, propagateur de sa

foi, hostile à la foi des autres. Au lieu d'admettre
que les conceptions du monde sont diverses, et de se
réjouir qu'il y en ait plusieurs, chacune adaptée au
groupe humain qui la professe, et nécessaire à ses
fidèles pour les aider à vivre, il n'en admet qu'une,
la sienne, et se sert du pouvoir pour conquérir des
adhérents ».

L'erreur fondamentale des philosophes et des Jacobins, c'est de raisonner sur l'homme abstrait, et
non sur l'homme réel, et de ne tenir compte ni des
différences de races, de civilisation, de nationalité.
C'est d'avoir tenté de tuer toute tradition, en oppo-
sant la raison à la tradition, comme si la tradition
n'était pas le résultat du travail de la raison des ancêtres, héritage que l'homme du moment doit adapter à son évolution actuelle et ne doit pas détruire.

L'homme d'état s'appuie sur la tradition et agit
d'une manière qui demande l'observation, le tact ;
il tâtonne ; « Tout au rebours le Jacobin. Son
principe est un axiome de géométrie qui porte
en soi sa propre preuve. L'homme en général, les
droits de l'homme, le Contrat social, la liberté, l'égalité, la raison, la nature, le peuple, les tyrans, voilà ces notions élémentaires. Des hommes réels, nul
souci ». Le Jacobin, « tsar et pape » s'appuie sur des
formules et non sur des faits. Les philosophes avaient
transporté la souveraineté hors de l'histoire, dans
le monde social et abstrait, dans une « cité imagi-
naire » où chaque citoyen n'est plus qu'un fonction-
naire du peuple souverain. Ils avaient érigé en juge
arbitre le plus incompétent des juges en matière po-

litique, qui, rationnellement ne devrait être consulté que qualitativement et socialement.

Représentant du peuple souverain, le Jacobin se considère comme le peuple souverain. Il est roi absolu. Dès lors, peu lui importe la volonté du peuple. « Son mandat ne lui vient pas d'un vote : il descend de plus haut, il lui est conféré par la Vérité, par la Raison, par la Vertu. Seul éclairé et seul patriote, il est seul digne de commander, et son orgueil impérieux juge que toute résistance est un crime. Si la majorité proteste, c'est parce qu'elle est imbécile et corrompue ; à ces deux titres, elle mérite d'être mâtée, et on la mâtera ». Devenu souverain maître, le Jacobin se garde bien de nier les principes ; « il les proclame de plus belle ; grâce à cette manœuvre, la foule ignorante, voyant qu'on lui présente toujours le même flacon, croira qu'on lui sert toujours la même liqueur et on lui fera boire la tyrannie sous l'étiquette de la liberté ». Et le Jacobin commence à faire briller à ses yeux la « Constitution d'apparat de 1793 ».

Tout le monde connaît l'histoire odieuse du *Bloc ensanglanté* qu'on appelle la Révolution française. A côté de l'odieux chez les Jacobins, ce qui domine, c'est la lâcheté et le grotesque. Ils ont peur du roi et ils l'assassinent parce qu'ils ont peur de lui ; ils ont peur de tout. Dans la lettre de juillet 92, les Girondins reconnaissent que la cause de leurs excès, c'est la crainte continuelle d'une contre-révolution. Le 28 juin, quand Lafayette demande la punition du 20 et la fermeture des clubs, les Jacobins commencent à fuir. Les conventionnels tuent leur voisin parce qu'ils ont peur d'être tués par lui.

Flaubert lorsqu'il composa le personnage de M. Homais aurait pu se contenter de puiser dans les discours des chefs et des orateurs de la Révolution.

Carrier, dans une liste de suspects, ajoute les « gens d'esprit » de Nantes. Dumas veut qu'on guillotine tous les gens d'esprit, mais, comme on ne peut tuer ceux qui sont morts, on peut toujours brûler leurs livres. Alors le général Henriot propose de brûler la Bibliothèque Nationale.

Quand les Jacobins, à bout d'invention, cessèrent de trouver des crimes nouveaux, ils guillotinèrent pour cause de « Négociantisme ». Le commerce, disait Barrère, le 17 ventôse an II, est « monarchique et révolutionnaire ». Et quelques jacobins, et parmi eux, St-Just, non contents de supprimer les commerçants, proposent de supprimer le commerce « pour ne laisser en France, dit Taine, qu'une population d'agriculteurs et de soldats ». D'autre part on alla « jusqu'à déclarer suspect et enfermer comme tel tout marchand qui *laissait languir son commerce* » (Dareste).

Derrière la stupidité de St-Just, il y a la reconnaissance de cette vérité que le peuple français est avant tout agriculteur et soldat. (St-Just n'était pas antimilitariste. Quel réactionnaire ! Il est juste de remarquer qu'on ne peut tout faire d'un coup).

Barrère, déjà nommé, parle d'un parti « liberticide à l'intérieur » et appelle les officiers nobles des « traîtres commencés » alors que Marat dénonce les

généraux perfides qui « conspirent peut-être ». Vous
voyez que les jacobins de 1901 n'ont rien inventé.
Quelle pâle copie de leurs ancêtres ! Quel est donc
celui, qui, comme eux, a prononcé des paroles d'une
sublimité telle que celle-ci :

« Jurons que le dernier de nous qui sera frappé
par les tyrans mourra en s'enveloppant dans les débris du manteau de la liberté ! » (Collot d'Herbois).

« Quand le peuple n'aura plus rien à manger, il
mangera le riche. Peu nous importe que nos têtes
tombent, pourvu que la postérité daigne ramasser
nos crânes ! » (Chaumette).

Pendant les fêtes de la Raison, Hébert crut devoir payer son tribut à la déesse en proposant à la
commune « *de renverser les clochers comme insulte
à l'égalité* ».

Taine a réuni quelques perles d'Henriot. « On a
trouvé dernièrement une quantité de pains dans les
lieux d'aisance ; sur cette infamie il faut interroger
Pitt et Cobourg et tous les scélérats qui veulent en-
chaîner la justice, la raison et assassiner la philosophie ». « Les ministres et sectaires de tout culte quelconque sont invités à ne plus faire en dehors de leurs
temples aucunes cérémonies religieuses (sic). Tout
bon sectaire sera assez sage pour maintenir l'exécution de cet arrêté. L'intérieur d'un temple est assez
grand pour offrir son hommage à l'Eternel, qui
n'a pas besoin d'un cérémonial offensant pour tout
homme qui pense ». « Que nos ennemis amassent des
biens immenses… nous ne voulons pour asile qu'une
cabane ». « Sous l'ancien régime, le feu aurait duré

plusieurs jours ; sous le régime des hommes libres, le feu n'a pas duré plus d'une heure, quelle différence ! ».

Ouvrons Dauban, « Paris en 1794 » : nous y trouverons quelques autres paroles profondes du même citoyen général: « Un canon est à un canonier (*sic*) ce qu'un fusil est à un bon chasseur ». « La pique est excellente pour se battre contre un homme non armée (*sic*) ». « L'homme qui déchire une consigne, surtout lorsqu'elle est bonne, doit être traité comme suspect ». Autre petit chef-d'œuvre que Dauban recommande à l'attention consciencieuse des jardiniers : « J'invite mes frères d'armes à remplacer aux portes des gardes les arbres morts par des arbres vivans ; cette petite cérémonie doit se faire sans faste et sans orgueil, mais avec cette fierté républicaine qui épouvante les tyrans et plaît à tous les amis de l'égalité ». Plus tard, un autre Jacobin cultivera de même, entre temps, l'idylle du *général précurseur*. Dans une lettre à ses Frères de la Société populaire et aux citoyens de l'Indre et du Cher, Ferry arrête que les officiers municipaux de chaque commune devront enjoindre aux citoyens de faire la moisson que partout refusent de faire les cultivateurs, parce qu'ils ne veulent pas travailler uniquement pour l'Etat, et il ajoute que les « bons citoyens seront invités à donner à cette fête champêtre le caractère sentimental qui lui convient. »

Saint-Just est complètement fou. « Quand il sort des nuages, c'est pour faire des propositions pareilles à celle d'une division de la France en communes ayant toutes une population égale, et dans laquelle il n'y aura ni administration, ni police, mais une surveillance de six vieillards ». Le Juif prussien Anacharsis Clootz « proposa un projet de loi sur la souveraineté du genre humain, avec le plan d'une association fraternelle de tous les hommes, appelée association des *germains et des universels* ». (Dareste).

Il faudrait citer toutes les paroles de Chaumette « la risée de son propre parti », ce qui n'est pas peu dire.

Chabot reproche à la Constitution d'Hérault « d'établir un pouvoir exécutif, » ce qui était « semer les racines de la royauté », et soutient que « la garantie de la liberté, c'est la guillotine ». « Il faut, dit encore le même Chabot, renouveler tout ou ne pas s'en mêler. L'espèce humaine n'a d'énergie que quelques jours. Les hommes sont usés. Changeons-les ».

« Sachez, dit Chalier, dans un discours prononcé au club central de Lyon. en 1793, sachez que vous êtes rois et plus que rois. Ne sentez-vous pas la souveraineté qui circule dans vos veines ? »

On n'a qu'à se baisser pour ramasser dans les discours et motions des Jacobins, les ordures odieuses ou grotesques. Rien de neuf, les Jacobins actuels n'ont rien inventé, pas même les expressions. On sème les difficultés devant les pas de Dumouriez, en Belgique. « On disait qu'un *général victorieux était un danger pour une république*, et l'ingratitude une vertu nécessaire aux républicains ». (Dareste). Quant à l'assassinat, c'est une vertu quand il est républicain, on le sait. Barrère disait déjà qu'il

fallait « distinguer entre le jugement de l'homme vulgaire, pour qui l'assassinat était un crime, et celui
de l'homme d'Etat, qui devait y voir le triomphe de
la République sur les anciens partis ». (Dareste).

Des députés de la Législative convertissent en mo-
tion des pages du Contrat social et de la Nouvelle
Héloïse, où Rousseau dit que la peine de mort doit
être prononcée contre « celui qui, ayant reconnu pu-
bliquement les dogmes de la religion civile, se con-
duit comme ne les croyant pas », qu'une jeune fille
de treize à quatorze ans doit avoir le droit de se ma-
rier malgré ses parents, et qu'on lui évitera ainsi de
préférer « la honte paisible d'une défaite aux fati-
gues d'une lutte de huit ans ». Enfin, par l'institution du divorce, la Législative prétend « conserver
dans le mariage, cette quiétude heureuse qui rend
les sentiments plus vifs ».

Quand on parle de la Révolution, on est à chaque
instant obligé de citer Taine, dont le livre, qui
devrait être entre les mains de tous les Français, ser-
vira de base, un jour, à l'histoire vraie de la Révolution. Malheureusement, cet auteur est trop muet
sur les causes secrètes et les agents secrets de la
Révolution. Empruntons-lui encore deux citations
qui nous édifieront sur les Jacobins. « Après avoir
gouverné les finances *pendant deux ans*, Cambon
ne sait pas encore que les fermiers-généraux des
impôts indirects et les receveurs-généraux des impôts directs ont des fonctions différentes, partant il
enveloppe ou laisse envelopper les quarante-huit
receveurs dans le décret qui envoie les soixante fer-

miers au Tribunal révolutionnaire, c'est-à-dire à la guillotine ». Heureusement, Gaudin intervint.

Voilà pour le savoir d'un illustre Jacobin. Quand, au 9 thermidor, le ministre Buchot est destitué, il demande à son successeur, Miot « qu'il a voulu guillotiner, une place de commis au ministère. M. Miot essaye de lui faire entendre qu'il serait peu convenable à un ancien ministre de descendre ainsi. Buchot trouve cette délicatesse étrange, et, voyant l'embarras de M. Miot, finit par lui dire : « Si vous ne me trouvez pas capable de remplir une place de commis, je me contenterai de celle de garçon de bureau ».

Voilà pour la dignité.

Et ce sont ces hommes qui, au nombre de 10.000 à Paris, et de 300,000 en province, asservissent six à sept millions d'hommes. « Mais, dit Taine, la force ne se mesure pas au nombre, ils sont une bande dans une foule, et dans une foule désorganisée, inerte, une *bande décidée à tout perce en avant* comme un coin de fer dans un amas de plâtres disjoints ». Voilà ce que ne peuvent comprendre les adversaires des Jacobins, pas plus aujourd'hui qu'il y a cent ans.

A une époque où le patriotisme n'était pas encore une idée surannée, digne, tout au plus, d'un parti réactionnaire, on jetait aux nues le patriotisme des Jacobins. Il y a lieu d'en rabattre quand on voit Brissot, sous prétexte de favoriser une alliance avec l'Angleterre, proposer de leur livrer Calais et Dunkerque. A toi, Coligny !

Il y a également à prendre et à laisser, dans la légende des volontaires et du patriotisme qui les fit
surgir. Patriotes, ils le sont peut-être ; mais, avant
tout, ils sont Jacobins, et de la pire espèce. « Comme leurs confrères civils, nombre d'entre eux sont
des va-nu-pieds de la ville et de la campagne ; la
plupart, ne sachant comment subsister, ont été allé-
chés par la solde de quinze sous par jour ; c'est le
manque d'ouvrage et de pain qui les a faits soldats...
On a puisé ainsi à la pelle et au rabais dans le fu-
mier social... Arrivés à la frontière, il s'en trouve
un tiers incapable de service. Mais avant d'arriver
à la frontière, ils travaillent sur leur chemin en vrais
pirates » (Taine).

Il en est, certes, qui deviennent d'excellents soldats ; mais c'est aux armées, aux sous-officiers et officiers de l'ancien régime, qui leur servirent de cadres, qu'il faut attribuer les victoires de la République, Les volontaires de 92 causèrent en partie la perte
de la Belgique par leur indiscipline et leur lâcheté
en fuyant au nombre de six mille. D'autre part,
tous les efforts de Dumouriez étaient neutralisés, nous
l'avons dit déjà, par les clubs installés en Belgique
par les Jacobins que *la peur du balai d'un général*
affolera toujours. Les Jacobins de 1900 refuseront, à
leur tour, à un général français l'honneur d'être général en chef des Alliés en Chine. « La crainte inutile de donner du prestige à un général empêcha les
politiciens de jouer dans le Petchili un premier
rôle ». (Paul Adam, Journal du 25 oct. 1900).

Que de défaites républicaines attribuables aux volontaires ! C'est que, si à cette époque, ils n'ont pas le cerveau farci des idées socialistes et anarchistes, comme le sera le cerveau de beaucoup de nos sol- dats, lors de la prochaine guerre, ils se considèrent chacun comme une portion de souverain et agissent en conséquence.

En Vendée, ce sont les troupes régulières qui font toute la besogne ; les généraux jacobins sont incapa- bles, et les volontaires entassent infamies sur hor- reurs (Dareste). Kléber est vaincu à Laval en no- vembre 93, parce que les volontaires lâchent pied et que le jacobin Léchelle, improvisé général en chef (ne fallait-il pas que *l'état-major fût pur ?*) ne veut pas suivre ses avis. Les troupes régulières faillirent en venir aux mains avec les volontaires.

Telle est, en quelques mots, la psychologie de l'exécuteur des hautes œuvres maçonniques.

.˙.

§ 5. — Les Jacobins et la Franc-Maçonnerie pendant la Révolution.

Au commencement de la Révolution, les Vengeurs de *Jacobus* Burgundus Molay, qui choisiront la tour du *Temple* comme prison au successeur de Philippe-le-Bel, prennent le nom de *Jacobins* et les loges se transforment en clubs.

Le 12 juillet 1789, on porte en triomphe dans les

rues le buste du Grand-Maître Philippe d'Orléans.
On connaissait l'ambition de celui qui devait voter
la mort de son cousin et s'appeler Philippe-Egalité·
La Maçonnerie s'en était fait un instrument en le
nommant Grand-Maître du Grand-Orient. Dès juillet 1789, son intervention transpire dans les émeutes
que son argent soudoie. Car les émeutes sont payées·
« Des femmes et des hommes immondes. dit Taine,
ont été embauchés. De l'argent a été distribué. Est
ce par les intrigants subalternes qui exploitent les
vélléités du duc d'Orléans et lui soutirent ses millions sous prétexte de le faire lieutenant-général du
royaume? Est-ce par les fanatiques qui, depuis la fin
d'avril, se cotisent pour débaucher les soldats?... Du
premier jour où le régiment de Flandre est venu tenir
garnison à Versailles. on l'a travaillé par les filles
et par l'argent ». C'est un plaisir d'aller à Paris, disent les gardes-françaises, on en revient toujours
avec de l'argent. « Dans le discours préliminaire de
son futur dictionnaire, Rivarol rappelle ses articles
d'alors : « On y verra les précautions que je prenais
pour que l'Europe n'attribuât pas à la nation française les horreurs commises par *la foule des brigands que la révolution et l'or d'un grand personnage avaient attirés dans la capitale* ». « Les
agitateurs sont payés douze francs par jour, et, pendant l'action, ils embauchent au même prix sur
place... Pour l'argent, on puise dans la caisse du
duc d'Orléans, et l'on y puise abondamment : à sa
mort, sur 114 millons de biens, il avait 74 millions
de dettes... » Mais le duc n'est pas un chef véritable·

La Maçonnerie le dirige, particulièrement par l'entremise de son secrétaire des commandements, Laclos, membre de la Loge des Neuf-Sœurs. Du rôle de dupe, le duc Egalité passera au rôle de victime, et rachètera un peu, par son attitude devant les juges, dont il subit l'interrogatoire en lisant un journal, et devant la mort qu'il envisagea bravement, les hontes de sa vie, dont ceci nous donne une idée : « Beaulieu, dans ses Mémoires (cités par Taine), nous dit qu'il a vu, affiché au coin des rues, un placard signé Marat, par lequel il demandait 15,000 livres au duc d'Orléans, en récompense de ce qu'il faisait pour lui. — On voit qui dirige et paie ces bandes révolutionnaires, composées de repris de justice, d' « étrangers de tout pays », « chefs ou comparses d'émeute, à six francs par têtes, derrière lesquels le peuple va marcher ». (Taine). Les contemporains (Marmontel, Fesenval, Malouet, etc.) sont persuadés que le peuple est excité par des gens soudoyés. Le Palais-Royal est un club en plein air... Dans cette enceinte protégée par les privilèges de la maison d'Orléans, la police n'ose entrer, la parole est libre, et le public qui en use semble choisi exprès pour en abuser... Il est admis que le public des galeries (de l'Assemblée) représente le peuple au même titre et à titre plus haut que les députés. Or ce public est celui dn Palais Royal ». C'est cette ligue qui va tout renverser. Quant aux journées du du 10 août, voici comment on trouva l'argent nécessaire pour en faire les frais. La Cour payait Danton depuis deux ans et l'employait comme espion des

Jacobins... Danton, par une double infidélité, a reçu de l'argent du roi pour empêcher l'émeute et s'en est servi pour la lancer ». Pétion et Santerre en font autant. Les massacreurs des prisons reçoivent également une solde.

En province, les loges avaient reçu les instructions nécessaires pour favoriser la Révolution. Nous avons dit que le « suisse anglomane » Necker et le duc d'Orléans avaient fait ordonner par le roi la double représentation du Tiers, dont l'idée première était due au maçon Mounier. La Maçonnerie avait employé toutes ses forces pour obtenir des cahiers basés sur ses principes. « Au convent international de 1889, le Frère Amiable, conseiller à la Cour d'Aix et l'un des rapporteurs, s'exprime ainsi : « Les Francs-Maçons prirent une part active au mouvement qui se produisit dans le pays. Leur influence fut prépondérante dans les assemblées primaires et secondaires du Tiers-Etat pour la réduction des cahiers et le choix des élus..... *Les Francs-Maçons étaient préparés à substituer les formes si simples du gouvernement des ateliers* du Grand-Orient, aux institutions compliquées et oppressives qui commençaient à s'écrouler ». (Compte rendu officiel du Congrès, p. 68, cité par H. Provins).

Mais l'influence maçonnique en province n'était encore que relative : on n'avait pu faire que les cahiers ne fussent *monarchistes et chrétiens*. Aussi les Jacobins les déchirent-ils. C'était un coup d'état, puisque les députés étaient investis d'un mandat impératif. C'était le premier acte de la dictature jacobine.

La Révolution une fois entrée dans sa phase de réalisation, les loges disparaissent. Les loges, ou organisatio : de préparation, s'éparpillent en clubs, en comités de sections. Il n'y a plus de loges, de loges ordinaires, du moins, en France. A quoi bon ?

Il ne faudrait pas croire que dès lors la Maçonnerie cesse d'influer sur les évènements. Sénar, secrétaire et délégué en province du Comité de Sûreté Générale, avoue que la Révolution « a été dirigée par une main cachée ».

Ragon, l'auteur sacré de la Maçonnerie, nous apprend, dans son Cours des Initiations, que la division de la France en départements n'est que l'adaptation du système maçonnique à l'administration. « L'Assemblée Nationale, dit-il, considérant la France comme une grande loge, décréta que son territoire serait distribué selon les mêmes divisions ». Il ajoute que les trois couleurs du drapeau français sont les couleurs des trois grades les plus importants de la Maçonnerie (3ᵉ, 18ᵉ, 33ᵉ), et que l'Assemblée abolit toutes les corporations, sauf la Maçonnerie. Quant au bonnet phrygien, c'est la coiffure de l'Epopte Illuminé, dans le costume duquel un révolutionnaire prêcha un jour.

La Terreur fut décidée dans la Loge des Amis Réunis. Adrien Duport en proposa le plan, qui fut adopté, dans lequel il désigne comme premières victimes Foulon et Berthier, dont le massacre ne se fit pas attendre.

Nous avons vu que le régicide avait été décidé par la Maçonnerie. Le témoignage de M. de Haugwitz a

été confirmé cinquante ans plus tard par les révélations de deux anciens délégués du convent, et par
le baron Jean Debry, préfet du Doubs. « Arrivé à
l'Assemblée, dit ce dernier, on me rappela d'un signe
le serment des loges. Les menaces des tribunes
achevèrent de me troubler : Je votai la mort... On
ne saura jamais si Louis XVI a été réellement con-
damné à la majorité de cinq voix. Plusieurs croient
que *le bureau a pu modifier quelques votes*, avec
la complicité silencieuse de ceux qui les avaient
donnés. On avait arrangé en conséquence le récit des
séances du Moniteur. Quand même le vote était public, personne, excepté les membres du bureau,
n'en avait le relevé absolument exact. La séance
avait duré deux jours et une nuit, et cette longueur
contribua à rendre incertain le résultat suprême.
Mais on voulait en finir et la fameuse majorité de
cinq voix a été *peut-être* constatée à la dernière
heure pour s'épargner l'ennui d'un nouveau scru-
tin ».

Ce n'est pas un doute, c'est un aveu. Ce nouveau
crime des Jacobins sera peut-être prouvé un jour.

CHAPITRE V

LES RÉSULTATS DE LA VICTOIRE JACOBINE. - LE JACOBINISME ET L'EMPIRE. - JACOBINISME COMPARÉ. - TRIOMPHE DU JACOBINISME A LA FIN DU XIXᵉ SIÈCLE.

Taine a distingué dans la Révolution deux courants, le courant réformateur et le courant Jacobin.

Les Capétiens avaient fondé l'unité française sur les ruines de la féodalité qu'ils renversèrent avec l'appui des communes celtiques de la bourgeoisie.

En continuant à centraliser en leurs mains toutes les fonctions, ils retirent toute vie à la périphérie au bénéfice du centre, en supprimant les États-Généraux et en ôtant toute juridiction aux seigneurs.

En revenant à la Tradition sociale Celto-Chrétienne, en rétablissant en temps voulu les États-Généraux et en restituant aux seigneurs des fonctions qui auraient justifié leurs privilèges, ils auraient donné moins de prise aux ennemis de la la Tradition. Ils ne se rendirent point compte que la concentration outrée anémiait la France, et que l'unité d'une nation doit être hiérarchisée et harmonique. La plupart des réformes, cependant, sont dues à la Royauté, et celles-là sont de beaucoup les plus importantes. Mais elles furent décidées à une époque où les ennemis de la France et de la Tradition avaient déjà préparé leur œuvre de destruction : déjà la Révolution était décidée.

L'évolution que la royauté allait subir avec l'assistance des Etats, consacrant et complétant les réformes déjà accomplies étaient la réalisation des vœux émis depuis longtemps déjà par les cahiers de la nation : c'était une crise physiologique dans la vie de la France. Une fois les Jacobins au pouvoir, ce n'est plus une crise physiologique, c'est une catastrophe, une maladie qui lèse l'organisme national. C'est toujours le régime césarien, mais le pouvoir absolu est maintenant exercé par les Jacobins, qui ne tiennent pas plus compte du pouvoir social que les rois depuis la Renaissance.

On pourrait représenter les pouvoirs sociaux et politiques d'une nation, équilibrés par une Assemblée synarchique comme les Etats-Généraux, par un pendule oscillant régulièrement entre les extrémités de sa course, les pôles politiques et sociaux. On pourrait de même représenter le déséquilibre amené par le césarisme, le pouvoir absolu, par un pendule arrêté à une extrémité de sa course par une main despotique. Le pendule est arrêté ; il n'y a plus de mouvement dans la nation, dont le champ d'oscillation du pendule est l'image. Toute la vie est concentrée à l'un des pôles ; il y a une vie politique, dont l'intensité est proportionnelle à la volonté du despote, mais plus de vie sociale. C'est le régime parfois nécessaire pour réagir contre l'anarchie d'en bas.

Il a été nécessaire pour lutter contre l'anarchie féodale ; il sera nécessaire pour réprimer l'anarchie jacobine. Mais il ne doit être qu'un remède : il doit disparaître ou évoluer de lui-même après la guérison.

La Maçonnerie avait exploité chez les uns les sentiments nobles et généreux, chez les autres les ambitions et les intérêts, et chez tous le besoin d'évolution si puissant chez le Celto-Gaulois. Elle s'attribua le mérite de réformes dont elle ne peut revendiquer aucune, et détourna à son bénéfice un mouvement qui ne devint destructeur que sous son impulsion. Elle renversa un régime pour accaparer le pouvoir et asservir la France, pendant un siècle, sous le Jacobinisme, dont elle sera l'inspiratrice occulte d'abord, et la reine absolue ensuite.

Les résultats du *régime jacobin*, Taine nous les résume en disant que la confiscation à son profit de toutes les forces naturelles de la nation, la haine de l'état, la mort du patriotisme, des volontés généreuses, des facultés productives qu'il cause invinciblement, en font le *régime le plus foncièrement inepte* qu'ait à enregistrer l'histoire de l'Europe.

On sait comment comprirent l'humanitarisme les Jacobins, qui avaient, avec ce mot, tendu un piège au Celte. On aurait pu se rendre compte à l'avance de la sincérité de leur amour de la lumière en lisant ces lignes d'un de leurs principaux maîtres : « Je crois, dit Voltaire dans une lettre à d'Alembert, que nous

nous entendons sur l'article du peuple. J'entends par peuple la populace qui n'a que ses bras pour vivre..... *Il me paraît essentiel qu'il y ait des yeux ignorants.....* Quand la populace se mêle de raisonner, tout est perdu ».

« Je vous remercie » , écrit encore Voltaire à La Chalotais, qui esquissait un plan d'éducation, « je vous remercie de proscrire l'étude chez le peuple ».

Je me demande ce que les maçons appellent obscurantisme, éteignoir, si Voltaire est le père des lumières !

La province ne mordit guère aux billevesées philosophiques, et, généralement, laissa passer l'orage révolutionnaire, sans rien changer au cours placide de sa vie. Le Celte de province résista mieux à la maladie jacobine que le Celto-Gaulois plus ou moins corrompu des villes.

On connaît l'énergique attitude des populations de l'ouest et de quelques centres de province qui essayèrent de résister à la Terreur jacobine : elle fait tache sur la mollesse générale des Français,

On ne peut accuser le Midi d'indifférence et de faiblesse. Les fils des Albigeois se réveillèrent, et furent au premier rang des révolutionnaires. Nous avons apprécié le Provençal comme il le mérite, au chapitre qui traite des Albigeois. Nous y renvoyons le lecteur.

C'est dans le Midi qu'apparait dit Taine, « la première frondaison complète de l'arbre révolutionnaire.., nulle part elle n'a été si précoce ; nulle part les circonstances locales et le tempérament indigène n'ont été si propres à l'accélérer... « La race du Midi est « sensuelle, colérique et rude, sans but intellectuel ni moral ». Les hommes y sont « légers, improvisateurs, parleurs, dupes de leur propre emphase, emportés tout de suite dans les espaces vides par la déclamation furibonde et par l'enthousiasme superficiel... » Quand règne la Terreur, elle sévit dans toute son horreur à Toulouse. « En Provence, où la maturité et la corruption sont plus précoces qu'ailleurs, où le sens et la portée de la Révolution ont dès l'abord été compris, c'est pis encore ». Les bouchers de Septembre sont fournis par les fédérés du midi et par la lie du peuple parisien, qu'on paie six francs par jour, avec nourriture et vin à discrétion.

La veille de la journée du 20 juin, quand Dumouriez vient annoncer le veto du roi, c'est une députation de Marseillais qui paraît à la barre et annonce que le peuple va se défaire des conspirateurs. On voit toujours le Marseillais dans l'exécution des mesures terroristes, et quand Barbaroux lutta contre Robespierre, il revenait, dégoûté, d'un séjour à Marseille, où il avait vu l'enthousiasme provoqué par les massacres de Septembre.

Ainsi, contre-révolution dans l'ouest, ultra-révolution dans le midi, et apathie à peu près générale en France, tel est l'effet produit par la Terreur Jacobine sur la population des provinces. On conçoit que 400 clubistes « très actifs et 4.000 autres non moins dévoués dans les provinces, représentant la force vive de la Révolution » (Baraly, dans Taine), aient pu exercer le pouvoir absolu.

Il ne faut donc pas considérer comme un symptôme de décadence l'apathie actuelle du peuple français. Ce n'est pas là un phénomène nouveau. Jugez-en encore par ce qu'il est dit dans les Rapports de prairial an VII, cités par Taine : « L'esprit public est dans un sommeil léthargique qui pourrait faire craindre son anéantissement. Nos revers ou nos succès ne font naître ni inquiétude ni joie. Il semble qu'en lisant l'histoire des batailles, on lise l'histoire d'un autre peuple. Les changements de l'intérieur n'excitent plus d'émotion ; on se questionne par curiosité, on se répond sans intérêt, on apprend avec indifférence ». « On appelle la patrie, la *patraque*, et l'on danse », dit Lafayette dans ses Mémoires. « Je ne sais quelle torpeur effrayante s'est emparée des esprits ; on s'accoutume à ne rien croire à ne rien sentir, à ne rien faire... La *grande nation* qui avait tout vaincu, tout créé autour d'elle, *semble ne plus exister que dans les armées et dans quelques âmes généreuses.* » (Sauzay, discours de Briot et d'Eschassériaux, in Taine). Quand, en 1799, Bonaparte fit son coup d'Etat, la haine de la France contre la Révolution, ses hommes et ses dogmes était à son comble (voir Taine, IX, p. 163), mais elle ne bronchait pas : c'est qu'une nation ne se soulève pas : quelques hommes la soulèvent, ou elle attend qu'un homme devine et épouse ses désirs pour se donner à lui.

On peut voir, par ce qui suit, que les Jacobins

comptaient bien sur le silence de la nation pour exercer leur despotisme.

Mirabeau avait communiqué, dit Deschamps, le plan de Duport à Champfort, qui en fit part à Marmontel. « Avons-nous à craindre, dit Marmontel l'opposition de la plus grande partie de la nation, qui ne connaît pas nos projets et qui ne serait pas disposée à nous prêter son concours ? Sans doute dans ses foyers, à ses comptoirs, à ses bureaux, à ses ateliers d'industrie, la plupart de ces citadins casaniers trouveront peut-être hardis des projets qui pourraient troubler leur repos et leurs jouissances. Mais s'ils les désapprouvent, ce ne sera que timidement et sans bruit. Du reste, la nation sait-elle ce qu'elle veut ? *On lui fera vouloir et on lui fera dire ce qu'elle n'a jamais pensé.* Si elle en doute, on lui répondra comme Crispin au légataire : C'est votre léthargie. *La nation est un grand troupeau qui ne songe qu'à paître, et qu'avec de bons chiens les bergers mènent à leur gré.....* « On aura, s'il est nécessaire, *pour imposer à la bourgeoisie, cette classe déterminée qui ne voit rien pour elle à perdre au changement et croit avoir tout à gagner.* Pour l'ameuter, on a les puissants mobiles : *la disette, la faim, l'argent, les bruits d'alarme et d'épouvante et le délire de terreur et de rage dont on frappera ses esprits.* La bourgeoisie ne produit que d'élégants parleurs ; tous ces orateurs de tribune ne sont rien en comparaison de ces *Démosthènes à un écu par tête, qui, dans les cabarets, dans les places publiques, dans*

les jardins et sur les quais, annoncent des rava-
ges, *des incendies, des villages saccagés, inondés
de sang, des complots, d'assiéger et d'affamer Paris.*
Ainsi le veut le mouvement social. Que ferait-on de tout
ce peuple en le muselant des principes de l'honnêteté
et du juste ? Les gens de bien sont faibles et timides ;
il n'y a que les vauriens qui soient déterminés.
L'avantage du peuple dans les révolutions est de
n'avoir point de morale. Comment tenir contre des
hommes à qui tous les moyens sont bons ? Il n'y a pas
une seule de nos vieilles vertus qui puisse nous servir ; il n'en faut point au peuple, ou il lui en faut
d'une autre trempe. *Tout ce qui est nécessaire à la
Révolution, tout ce qui lui est utile est juste. C'est
là le grand principe.* »

Ils endormirent la France dans un rêve. L'anarchie dans laquelle la France se débat depuis cent
ans est la conséquence forcée de « la théorie spéculative qui, érigeant chaque homme en souverain
absolu, met chaque homme en guerre avec tous les
autres, et qui, sous prétexte de régénérer l'espèce
humaine, déchaîne, autorise et consacre les pires
instincts de la nature humaine, tous les appétits re-
foulés de licence, d'arbitraire et de domination...
Ce rêve de la raison spéculative n'a produit dans
l'ordre laïque que des plans tracés sur le papier, une
Déclaration des droits décevante et dangereuse,
des appels à l'insurrection ou à la dictature : des or-
ganismes incohérents ou mort-nés, bref, des avor-
tons ou des monstres ; dans l'ordre religieux, il
ajoute au monde vivant des milliers de créatures vi-

vantes, indéfiniment viables. En sorte que, *parmi les effets de la Révolution, l'un des principaux et des plus durables est la restauration des instituts monastiques* » (Taine).

Une nation ne se perd ni ne se sauve elle-même. Quelques hommes peuvent la perdre ou la sauver. Est-ce la France qui se sauva elle-même au xv⁰ siècle ? Se précipita-t-elle en masse pour rejeter l'ennemi à la mer ? Elle fut sauvée par une femme, soutenue par quelques Celtes.

Chose curieuse, en Napoléon se combattent deux principes et une personnalité à l'ambition presque surhumaine qui surmonte ces principes. Il y a en Napoléon du Celte et du Sémite, mais, surtout, il y a Napoléon.

Napoléon est un Italien de race, c'est-à-dire un sémitisé. Taine a identifié son caractère à celui de ses ancêtres italiens du xvᵉ siècle. C'est un grand condottière. Il aime la France parce qu'il la possède. Il l'aime à la façon des Italiens, qui « considèrent la France comme une colonie rebelle », ainsi que le dit le docteur Henri Favre. Dans le Mémorial, Napoléon rappelle que son « origine étrangère » lui a été précieuse, qu'elle l'a fait « regarder comme un compatriote par tous les Italiens ». « Elle (ma famille) s'est trouvée, dit-il, au su de tous les Italiens, avoir joué longtemps un grand rôle au milieu d'eux. Elle est devenue, à leurs yeux et à leurs sentiments, une famille italienne, si bien que, quand il a été question du mariage de ma sœur Pauline avec le prince Borghèse, il n'y a eu qu'une voix à Rome et en Toscane, dans cette famille et tous ses alliés : *C'est bien*, ont-ils tous dit, *c'est entre nous*, c'est une de nos familles. Plus tard, lorsqu'il a été question du couronnement par le pape à Paris, cet acte de la plus haute importance, ainsi que l'ont prouvé les évènements, essuya de grandes difficultés ; le parti autrichien, dans le conclave, y était violemment opposé ; le parti italien l'emporta, en ajoutant aux considérations politiques cette petite considération de l'amour-propre national : après tout, c'est *une* FAMILLE ITALIENNE QUE NOUS IMPOSONS AUX BARBARES POUR LES GOUVERNER ; NOUS SERONS VENGÉS DES GAULOIS ».

Non, ce n'est pas une petite considération d'amour-propre national qui fait parler ainsi le parti italien du conclave, c'est une grande manifestation de leur foi racique : un nouveau César ROMAIN entre en Gaule et va reprendre possession de la « COLONIE REBELLE ».

Le Césarisme de Napoléon succède au Césarisme Jacobin. C'est la même absence de principes, l'anarchie d'en haut succède à l'anarchie d'en bas. Il en est, il en sera toujours ainsi, et il est nécessaire qu'il en soit ainsi. Le Césarisme est nécessaire pour vaincre l'anarchie. Mais ce Césarisme ne peut et ne doit être que temporaire. Le système napoléonien ne pouvait fonctionner que pendant la vie de Napoléon dont le cerveau stupéfiant avait à son service une volonté irrésistible.

Ce qui différencie le cerveau de Napoléon du cerveau d'un Jacobin, c'est la différence du plein au vide.

Napoléon voit des choses et des faits, et non des mots, tandis que le philosophe du xviiie siècle et son exécuteur, le Jacobin, fournissent le type de l'idéologue, si méprisé de Napoléon.

Le philosophe du xviiie siècle et le Jacobin ne se sont jamais rendu compte de ce qu'il y avait derrière les mots humanité, droit, liberté, souveraineté populaire ou royale, peuples frères.

Ils accouplèrent des mots, en formèrent des phrases grotesques qu'ils proclamèrent vérités ; il s'en grisèrent et eurent une indigestion dont ils étalèrent le résultat sur la France qui fut empoisonnée du coup.

Le cerveau de Napoléon est aussi peu chimérique que l'est essentiellement celui du Jacobin. Napoléon ne s'appuie que sur les faits, ne s'instruit que par eux. Il ne tire rien que de ses expériences et des réflexions qu'elles lui suggèrent.

On dirait que l'Ame Celtique et ses ennemis s'entendirent pour faciliter à Bonaparte sa prise de possession de la France.

La France vit en lui un libérateur, et l'acclama. La Maçonnerie, qui avait semé les idées anarchiques et en avait dirigé la réalisation, soutint l'absolutisme Napoléonien pour les besoins de sa cause.

Les rapports de la Maçonnerie et de l'Empire sont résumés, avec atténuation, par ces mots de Bazot, secrétaire du Grand-Orient : « Elle se laissa faire sujette du despotisme pour devenir souveraine ».

« Est-il chef, dit de Maistre, ou dupe (ou peut-être l'un et l'autre), d'une société qu'il croit connaître et qui se moque de lui ? ».

Napoléon, c'est le jacobinisme assis, arrivé à une étape. Il ne retournera pas en arrière. La Maçonnerie favorise d'abord Napoléon. Outre qu'elle évitait ainsi une restauration monarchique désirée par le peuple, qui se contenta d'une nouvelle monarchie, elle maintenait ainsi les résultats acquis, et pouvait se préparer à continuer son œuvre. Elle voyait dans Napoléon un nouveau Philippe-Egalité, un simple instrument qui se contenterait de l'apparence de la toute-puissance, et réaliserait sous sa direction et à son bénéfice, ces fameux Etats-Unis d'Europe où elle exercerait la dictature réelle, Etats-Unis d'Europe qui ne peuvent se bâtir ainsi que sur les ruines du Catholicisme et des nations catholiques.

Le vieux temple judaïco-templier avait compté sans son hôte. Ses sacerdotes se heurtèrent à une volonté de fer, mais ils finirent par la vaincre. Les historiens s'étonnent de voir Napoléon marcher de défaites en défaites alors que son génie militaire augmenta plutôt qu'il ne faiblit. *Napoléon fut vaincu par la Tugendbund.*

« Les portes des cités italiennes et germaniques ouvertes aux armées de la Révolution, dit Paul Adam, se fermèrent aux prétoriens de César ».

CHAPITRE VI

L'AME FRANÇAISE ET L'ESPRIT FRANÇAIS
DEVANT LEURS ADVERSAIRES

§ 1. — L'Esprit français en général

Nous avons analysé les éléments de l'âme française. Nous avons vu en action, dans l'histoire, l'âme, le caractère et l'esprit français. Nous avons dit qu'idéaliste et individualiste de race, le Celte a vu son idéalisme s'accroître par l'effet du Christianisme, qui, augmentant chez lui les sentiments généreux, atténua ce qu'aurait pu avoir d'exagéré l'individualisme qui est la marque de son esprit.

Mais, chez le Celto-Gaulois, individualisme est si peu synonyme d'égoïsme, son amour de l'humanité est si peu douteux, il suivit toujours avec tant d'ardeur ceux qui, pour le duper, trop souvent, firent briller devant ses yeux les mots d'humanité, de vérité et de justice, que parfois il faillit sacrifier sa propre patrie pour des fantômes derrière lesquels se gaussaient ses perfides ennemis.

On s'est attaqué à l'Ame Celto-Gauloise sur tous les plans, par les idées, par les sentiments, par les

armes. Nous avons vu le Celte en lutte avec ses
ennemis dans l'histoire : sous prétexte de réformes,
on l'amena peu à peu à tuer lui-même ses propres
traditions.

Sous prétexte d'humanitarisme on a cherché, on
cherche à tuer le caractère français en combattant
l'idée de patrie et en faisant du peuple français un
peuple cosmopolite sans âme, c'est-à-dire sans caractère et sans esprit, en un mot, sans action propre,
sans art et sans littérature.

L'esprit français est avant tout un esprit de synthèse, d'assimilation.

D'après Jean Finot, la France ne possède rien de
son propre fonds, en littérature ; elle emprunte et
fait siens les germes venus d'ailleurs, qu'elle rend
ensuite, transformés, aux nations qui les lui ont
donnés ; et ces nations en profitent à leur tour ; leur
littérature en reçoit un élan nouveau.

C'est retirer à la France la paternité de l'idée.

Qui donc a créé une idée ?

N'est-ce point la caractéristique du génie, que de
faire sienne, de transformer, de rendre lumineuse
une idée quelquefois banale : quoi de plus banal que
les grandes idées ? Avoir du génie, créer, c'est donner une forme nouvelle à une idée, à un sentiment.
Les idées n'appartiennent à personne : il n'y a pas
d'idées nouvelles, mais des combinaisons d'idées
nouvelles.

La France, plus que tout autre nation, sait coor-
donner les idées, et se les assimiler. Son génie est
donc supérieur au génie des autres nations.

Mais il est faux de dire que la France est l'archi-tecte d'un édifice dont les autres nations préparent et fabriquent les matériaux.

C'est méconnaître étrangement le passé littéraire de la France. C'est méconnaître qu'une des caracté-ristiques de l'esprit Celtique, c'est l'invention sur tous les plans. Il n'y a pas d'idées nouvelles, mais les nouvelles combinaisons d'idées viennent du Celte qui, selon sa destinée d'éternel sacrifié, se laisse dépouiller par l'étranger. C'est alors qu'inter-vient l'esprit gaulois : il s'enthousiasme pour une idée récurrente : elle lui semble originaire de l'étran-ger : aussitôt il l'adopte.

Il est faux de dire que la France ne possède rien de son propre fonds. Certes, à envisager la littéra-ture actuelle, on pourrait le croire. Mais cette appa-rence n'est que l'un des résultats de l'influence étrangère en France, qui la fit renoncer à ses tradi-tions. La Maçonnerie, la domination juive et saxon-ne, ont singulièrement anémié la France.

Le matérialisme a cru tuer l'idéalisme celtique : il est bien près de sombrer. Une des premières réac-tions, en littérature, réaction dépassant le but, mais ne l'atteignant pas, c'est la poésie symbolique des vingt dernières années du XIXe siècle.

« J'ai, disait Lacordaire dans sa jeunesse, l'âme extrêmement religieuse et l'esprit très incrédule ; mais comme il est dans la nature de l'esprit de se laisser subjuguer par l'âme, il est probable qu'un jour je serai chrétien ».

On peut dire de même du Français qu'il a l'âme

très religieuse et l'esprit incrédule, mais qu'il a l'âme beaucoup plus religieuse que l'esprit incrédule. Le Celte a la foi profonde, le Gaulois est également un homme d'idéal et de foi, mais, plus léger, plus superficiel et un peu railleur, et le Celto-Gaulois qu'est le Français participe de ces qualités et de ces défauts, tout en étant, au fond de lui-même un homme de foi

Ainsi l'éloquence de la chaire est un don celto-gaulois parce qu'elle est l'expression de la foi : le Celto-Gaulois est apôtre-né.

Son idéalisme se manifeste par le besoin de répandre les idées qu'il croit bonnes. Il a le désir de savoir, la curiosité, qui se transforme bientôt en enthousiasme, et son enthousiasme veut être contagieux. Il a, ainsi que le dit de Maistre, le penchant le besoin d'agir sur les autres.

L'éloquence de la tribune, et du barreau surtout, est un don intellectuel, et non un don du cœur. C'était une faculté de l'âme romaine, et c'est une faculté de l'âme saxonne, protestante.

On reproche souvent au Français de ne point s'entendre au commerce.

Acceptons le reproche et considérons ce défaut comme un titre de noblesse. Il ne s'entend pas davantage au commerce de l'argent : titre de noblesse plus précieux encore.

Dans la science et dans l'industrie, ce qui caractérise le Celte, c'est la découverte et l'invention. Il en est d'ailleurs régulièrement dépouillé par les autres races qui, les premières en tirent profit.

§ 2. — L'Ame Française dans l'ordre social et politique

Nous avons dit que l'esprit pratique du savant français et du paysan était essentiellement celtique : c'est le bon sens appliqué. Le Gaulois voit moins loin que le Celte ; plus jouisseur, il ne s'occupe guère que de ses intérêts du moment.

Le Celte est plus individualiste que le Gaulois, qui a une notion moins précise de son moi. On sent qu'à une époque lointaine, il subit le contact bouddhiste. C'est lui qui facilite la besogne aux agents étrangers qui, à diverses époques, introduisirent les idées socialistes en France, au moyen des sociétés secrètes, sous prétexte de réformes religieuses ou politico-sociales.

Un des caractères de l'Ame Celtique, c'est d'avoir suscité des individualités. Or, comme l'a dit Gustave Le Bon, « tout ce qui a fait la grandeur des civilisations a été l'œuvre des individus et non des collectivités », et « les peuples chez lesquels l'individualisme est le plus développé sont par ce fait seul à la tête de la civilisation et dominent aujourd'hui le monde ». Il ne faudrait pas en conclure que l'âme collective d'une nation ne soit pour rien dans l'éclosion des individualités : l'homme de génie, expression la plus haute de l'individualité, est souvent l'homme qui a le mieux compris les aspirations actuelles d'une Ame Collective. C'est alors que cet homme est reconnu l' « homme du moment » par les molécules génératrices de l'Ame collective, c'est-à-dire les âmes individuelles.

L'individualisme du celto-Gaulois l'excita toujours à rechercher l'égalité et la liberté. Amoureux de l'indépendance, il parait n'avoir jamais eu une idée bien nette de la véritable liberté politique, s'il eut la notion la plus haute de la liberté nationale. On a reproché aux Français de désirer toujours un maître. C'est que dit G. Le Bon, « ils n'ont joué de rôle historique important que lorsqu'ils ont eu de grands hommes à leur tête, et c'est pourquoi, par un instinct séculaire, ils les recherchent toujours ».

La France qui a l'intuition d'avoir une mission à remplir parmi les peuples, peut-elle l'accomplir sans un homme en qui convergent toutes les forces, toutes les aspirations de son âme, et dont l'âme soit à l'unisson avec l'âme collective de la France ? Son instinct lui fait comprendre ainsi qu'il y a là un remède à ses défauts, l'indécision et le manque de solidarité. Le besoin de l'Autorité, chez le Français, ne veut pas dire, loin de là, le désir de servitude.

Pourquoi donc un homme aussi sociable que le Français, qui « n'est bien qu'attroupé », ainsi que le dit Mallet du Pan, manque-t-il au plus haut point de solidarité ? Pourquoi donc n'est-il devenu capable que de « rebellions et paroles », ce que leur reprochait déjà Mallet du Pan il y a cent ans ? C'est outre les raisons dont nous avons parlé plus haut, c'est que par un effet du pouvoir politique absolu exercé sans contre-poids social par nos rois, puis par les Jaco-

bins, puis par Napoléon et les Jacobins du xix° siècle et du commencement du xx° siècle, les Français
ne sont plus que « des administrateurs et des admi-
nistrés, disciplinés de cœur et subordonnés d'instinct,
ayant besoin d'un gouvernement, comme les mou-
tons ont besoin d'un pâtre et d'un chien de garde,
pourvu qu'ils aient l'apparence et le ton de l'emploi,
même quand le pâtre est un boucher, même quand
le chien de garde est un loup. Eviter l'isolement, re-
joindre au plus tôt, la plus grosse bande, faire toujours masse et corps, partant suivre l'impulsion qui
vient d'en haut et ramasse les individus dispersés,
tel est l'instinct du troupeau (Taine) ». Et Taine ajoute à ces réflexions l'exemple caractéristique de l'entrée de Tallien à Bordeaux.

Voilà pourquoi une minorité peut dominer une
assemblée, une foule. D'ailleurs, en général, les
minorités sont énergiques, actives, intelligentes et
fortes. Si elles savent s'imposer, elles sont acceptées
pour être ensuite défendues par l'apathie de la
masse. Il est dans l'essence d'une majorité d'être
inerte.

Nous avions donc raison de le dire : quelques
hommes peuvent tuer la France, mais quelques
hommes peuvent la sauver.

LIVRE TROISIÈME

LES

ÉCUEILS ET LA VOIE

DE

L'AME FRANÇAISE

CHAPITRE PREMIER

LES ÉCUEILS

§ 1. — La Morale juive. — La France conquise

Toute phase d'une évolution est une résultante. La vie d'un peuple, à un moment donné, est la réalisation des potentialités des ancêtres. Quand un peuple renonce à l'héritage de ses ancêtres, quand il rejette ses traditions, il est destiné à mourir, s'il ne reconnaît son erreur.

Mais avant d'opposer la tradition française à l'œuvre de destruction de ses adversaires, il nous faut dire un mot de ces adversaires.

« L'ossature du parti républicain depuis 1870, a dit Brisson, a été constituée par les *israélites, les protestants et les francs-maçons... Ils constituent les membres les plus autorisés et les plus influents du parti républicain* ». (Cité par Vial, dans le *Juif Sectaire*).

Si, au lieu de parti républicain, nous lisons *parti anti-français*, nous aurons dans ces paroles l'expression de la vérité. Nous ne nous étendrons pas sur l'alliance de ces partis politiques, le parti maçon et le parti protestant, avec les nations anglaise et juive, qui dirigent la maçonnerie depuis ses origines. Nous avons déjà parlé de l'identité des aspirations des protestants avec celles de la Maçonnerie, dans un autre chapitre.

Nous ne parlerons pas longuement des Juifs. Les ignore aujourd'hui, seul, qui veut les ignorer. Nous allons cependant insister sur plusieurs points très importants.

Il est d'abord une affirmation nécessaire : lorsqu'on parle du Juif, on ne fait en aucune sorte allusion à sa religion ; on parle de l'homme appartenant à la *nation juive* et l'antisémite est celui qui s'élève contre la prise de possession de la France par une *nation* de race sémitique, les Juifs, à qui cette conquête doit assurer un jour l'Empire de l'Europe.

Ecoutez Crémieux, *grand-maître du Rite Ecossais* et *Président de l'Alliance Israélite universelle* et d'autres juifs que nous allons citer, et vous ne douterez pas que les juifs forment une nation :

« Cette petite PEUPLADE, dit Crémieux, c'est la grandeur de Dieu ! La religion d'Israël ne finira pas... La Bible est partout. Sa morale devient la morale de tous les peuples... *Que les hommes éclairés sans distinction de culte* s'unissent *dans cette union israélite universelle.* »…. On vous demande pardon du passé ».

« Que l'humanité tout entière, dit le grand rabbin Isidore en 1865, *docile* à la philosophie de l'Alliance universelle israélite, suive donc sans hésitation le

Juif, ce PEUPLE, *véritablement cosmopolite*... et qui, dès aujourd'hui, gouverne l'intelligence et les intérêts des nations les plus progressives.

« Notre rituel ordinaire ou extraordinaire, dit Lévy-Bing, toujours nous parle de la *Mère-Patrie*... Dieu nous a suscité des FRÈRES NOUVEAUX *qui comprennent parfois mieux* que nous-mêmes le miracle, unique dans la vie du monde, d'un PEUPLE tout entier dispersé depuis dix-huit cents ans dans toutes les parties de l'univers, *sans se confondre ni se mêler nulle part* avec les populations au milieu desquelles il vit... *Toute la religion juive est fondée sur l'idée NATIONALE.*

Continuons cette citation tirée comme les deux précédentes du livre écrit en 1869, par des Mousseaux qui l'extrait des Archives Israélites de 1864, et nous verrons, déjà révélé, le but des Juifs, aujourd'hui connu de tous : formation d'Etats-Unis d'Europe, avec l'aide de la Maçonnerie Universelle et des protestants, avec eux comme dictateurs, bien entendu :

Lévy-Bing exprime l'espoir de voir fonctionner « un tribunal suprême, saisi des grands démêlés publics, des plaintes entre nations et nations, jugeant en dernier ressort, et dont la parole fasse foi. Et cette parole, ajoute-t-il, c'est la parole de Dieu, prononcée par ses fils aînés (les Hébreux), et devant laquelle s'inclinent avec respect tous les puînés, c'est-à-dire l'universalité des hommes, nos frères, nos amis, nos DISCIPLES ».

Nous avons déjà opposé le caractère du Celte et du Sémite.

Quelques citations du Talmud nous donneront une idée de la morale du Judaïsme.

« Il est défendu de prêter sans usure » (Le Talmud, traité Abod).

Rabbi-Agiba (Talmud. Traité Callà, II), prêta un serment, et pensa en lui-même qu'il n'était pas valable.

Quant à la restriction mentale pour annuler un serment, les rabbins (Jose Déâ, § 232, 13 et 14) admettent en principe qu'elle est permise chaque fois qu'on est forcé de prêter un serment.

« Cette cérémonie se fait pour chaque Juif au moins une fois par an... trois hommes, réunis en tribunal et placés en tête de l'assistance, annulent de leur pleine autorité tous les vœux, les engagements et les serments de chacun de l'Assemblée. On appelle cela *Col nidré* » (Drach, 559.)

D'après de graves rabbins, un juif n'est obligé de se faire ainsi relever de ses serments, que lorsqu'ils l'engagent envers un coreligionnaire : car rien ne l'engage envers des non-juifs (Drach).

« Si un Juif a un procès contre un non-juif, vous donnerez gain de cause à votre frère, et vous direz à l'étranger : « C'est ainsi que le veut notre loi », (il s'agit d'un pays où règnent les juifs) ; si les lois des peuples sont favorables aux juifs, vous donnerez encore gain de cause à votre frère, et vous direz à l'étranger : « c'est ainsi que le veut notre loi » lorsque ni l'un ni l'autre n'a lieu (c'est-à-dire lorsque les juifs ne sont pas maîtres du pays, ou que les lois ne leur sont pas favorables) il faut *tourmenter l'étran-*

ger par des intrigues, jusqu'à ce que le Juif ait gagné sa cause » (Talmud. Traité Baba- 113 a.)

Il est ordonné à tous les juifs de regarder tous les chrétiens comme des brutes et de ne pas les traiter autrement que des animaux (Le Talmud, cité par Sixte de Sienne, dans Coypel).

« Celui qui veut tuer un païen et tue par hasard un israélite, n'est pas coupable et ne mérite pas d'être puni ».

(Talmud. Traité Sanhedrin, folio 78 B.).

« La propriété d'un non-Juif équivaut à une chose abandonnée ; le vrai possesseur est celui qui le prend le premier ».

(Traité Baba Bathra V. Chosem Mispat. 156. 1.)

Le commandement : « Vous ne volerez pas » signifie, selon Maïmoni des Sepher (Ha-mizvoth) qu'on ne doit pas voler un homme, c'est-à-dire un Juif ». Et le même ajoute ailleurs (Jad Chaz.. hilch. Geneba. 1.) Que la jouissance d'une chose volée à un non Juif est permise.

Rabbi Asi, dit le Talmud, (Traité Baba Qamma), vit un cep de vigne plein de raisins, et il parla ainsi à son serviteur : « Si ce cep appartient à un goï (non Juif), apporte-le moi, mais s'il appartient à un Juif, ne l'apporte pas ».

Les rabbins Abbo (Sepher Cad Ha-gemach) et Bachaï (ad Gen. 46-47) enseignent que « Dieu a donné aux Juifs pouvoir sur la fortune et la vie de tous les peuples ».

« Dieu a mesuré la terre, et il a livré les goïm (non-juif) aux Juifs ». Talmud. Traité Baba Qamma).

Vous n'opprimerez pas le journalier *parmi vos frères*, les *autres* sont exceptés ».

« L'hypocrisie, dit Bachaï, et permise en ce sens que l'homme (c'est-à-dire le juif) se montre poli envers l'impie (c'est-à-dire le non-juif) ; qu'il honore celui-ci et lui dise : « je vous aime ». Cela est permis dit Bachaï, si l'homme, c'est-à dire le juif, en a besoin, s'il a lieu de craindre. Sinon, c'est péché car le Talmud enseigne qu'il est permis de feindre » (de faire l'hypocrite) vis-à-vis des impies de ce monde »,

« Si un juif voit un chrétien sur le bord d'un précipice, il est tenu de l'y précipiter aussitôt. (Le Talmud cité par Sixte de Sienne, dans Copyel, p. 86).

« Il est permis de pécher, pourvu qu'on commette le péché en cachette. (Tract. chag. et tract. Qiddusin).

Selon le Talmud, il est permis aux justes, aux amis et parents de Dieu, de tromper les impies, car il est écrit : Vous serez pur avec les purs, et vous serez pervers avec les pervers ». (Le Talmud, Traité B. Bathra, fol. 123, et cf, Traité Bechosoth. 13 b. — Cité par Rohling).

« Les Israélites seuls sont appelés hommes, mais les idolâtres (auxquels appartiennent les chrétiens qui adorent une idole) viennent de l'esprit impur et sont appelés cochons ». (R. et L.).

« Le Talmud défend expressément de sauver de la mort un non-juif, de lui rendre les effets perdus, et d'en avoir pitié. Traité Aboda-Zara. fol. 13 verso.

fol. 20 recto traité Baba-Kamma. fol. 29. verso.
Drach. I. 167).

« Le Talmud enseigne aux enfants du peuple dit
de Dieu : « Si l'on retire un goï (non-juif) de la fosse
dans laquelle il est tombé, on entretient un homme
dans l'idolâtrie. (Traité Abod. Sar. fol. 20. a. Tosa-
photh. a. 1. — Voir Rolling, p. 41).

Maïmonides écrit : Il est ordonné d'assassiner et
de jeter dans la fosse de perdition, les traîtres en
Israël et les hérétiques tel que Jésus de Nazareth et
ses adhérents. » Jad. Chaz. cité par R. et L.).

Les chrétiens sont des idôlâtres, dit le Talmud,
Traité d'Aboda Zar., fol. 6, A. (R, et L.).

Maïmonides écrit : (Perus Ha-misma. a. 1.). Les
chrétiens sont des idolâtres, et il faut les traiter
comme on traite les idolâtres.

Le Talmud dit (Traité Abod., Zar., fol. 26, b., v.,
Tosapoth, extr.) : Il faut tuer le plus honnête parmi
les idolâtres.

Rab Jehuda déclare que le Rab a dit qu'il était
permis à l'homme, c'est-à-dire au juif, de faire des
prêts à usure à ses enfants et aux membres de sa
famille, afin qu'ils puissent savourer « le goût » de
l'usure. (Rohling et Samarque).

Le rabbin Barchaï dit : « Sa vie dans ta main, (ô
juif), et à plus forte raison son argent. (Rohling).

Le rabbin Schwabe a écrit (Jüd Deckmantel, page
171) : « Si un chrétien a besoin d'argent, le juif saura
le tromper maîtrement ; il ajoute intérêt usuraire à
intérêt usuraire jusqu'à ce que la somme soit si élevée,
que le chrétien ne pourra plus le payer sans vendre

ses biens ; ou jusqu'à ce que la somme monte à quelques centaines ou milliers selon la fortune et que le Juif commence à faire un procès et et obtienne des Juges le droit de prendre possession des biens du chrétien ». (Rohling et Lamarque).

Le rabbi Gerson : « Il ne convient pas à l'homme juste, d'être miséricordieux envers les méchants » ; et Arbabanel déclare « qu'il n'est pas juste de témoigner de la miséricorde à ses ennemis » (id.).

Le Talmud enseigne que les tombeaux des goïms ne souillent pas Israël, parce que les Juifs seuls sont des hommes, les autres nations n'ayant que la nature de l'animal (id.).

Arbabanel dit : « Le peuple élu est digne de vie éternelle. Les autres peuples sont semblables aux Anes » (id.).

Les Israélistes, dit le Talmud, sont plus agréables à Dieu que les anges. Quiconque, dit-il, donne un soufflet à un Juif, se rend aussi coupable que s'il donnait un soufflet à la Majesté divine. (C. et L.). (Voir aussi dans le Juif-Talmudiste de Rohling et de Lamarque, le chapitre concernant les droits des Juifs sur les femmes des non-Juifs (pages 42 et suivantes).

« Je n'hésite pas à reconnaître avec peine que les sentiments de la tolérance n'ont pas encore pénétré parmi nos coréligionnaires autant qu'il le serait désirable. Je crois donc qu'il est dans l'intérêt de notre œuvre comme dans celui de ma dignité de me retirer ». Kœnigsirater, m. corresp. de l'Institut., archives Israélites, 1866).

La plupart de ces citations sont extraites du *Juif Talmudiste*, de Rohling et Lamarque, les autres des ouvrages de Drach et de Coypel. On peut consulter aussi à ce sujet l'ouvrage de Vial, « Le Juif sectaire ».

On ne trouve pas ces passages dans les éditions du Talmud postérieures à 1631. A cette époque, ils furent supprimés et remplacés par le signe O. Ils doivent être enseignés de vive voix seulement.

A ceux qui nous diront que de nombreux Juifs repoussent aujourd'hui le Talmud, nous répondrons avec G. des Mousseaux qu' « une seule secte, celle des Caraïtes, ne reconnaît que la loi de Moïse et rejette le Talmud ; mais cette secte ne compte pas au-delà de douze cents fidèles ».

Le Talmud serait-il rejeté des quatre ou cinq millions d'hommes dont est composée la Nation juive, que l'influence atavique du code national archi-séculaire ne pourrait être niée.

Mais il est loin d'en être ainsi. Le Talmud est toujours le livre sacré par excellence du Judaïsme. Les preuves en ont été réunies par Gougenot de Mousseaux, qui cite de nombreux auteurs juifs. « Le Talmud n'est pas seulement le code civil et ecclésiastique du Judaïsme, dit « l'Univers Israélite, » etc. Le grand-rabbin Trenel, directeur du séminaire rabbinique, dit aussi dans la même revue : « Le Talmud a eu de tout temps des détracteurs violents et des apologistes passionnés. Pendant deux mille ans, il a été, et *il est encore* un objet de *vénération* pour les Israélites, *dont il est le code religieux* ».

« Nous qui, par état, dit l'ancien rabbin Drach, avons longtemps enseigné le Talmud et expliqué sa doctrine, après avoir suivi un cours spécial pendant de longues années sous les docteurs israélites les plus renommés de ce siècle…, nous en parlerons en connaissance de cause et impartialité. C'est le code complet civil et religieux de la synagogue ». De plus ce code civil et religieux est mis, par les orthodoxes, bien au-dessus de la Bible, et les orthodoxes forment « le noyau indestructible de la nation ». (Voir des Mousseaux, Ch. iv et v).

C'est dans ce code, pivot de la Nation Juive qu'elle puise la puissance de son nationalisme, et sa foi en son avenir de Reine de l'Univers.

Les Juifs ont leur gouvernement spécial, le Kahal. « Les Juifs, est-il dit dans le Manifeste des Députés Roumains, forcés par le besoin, se soumettent extérieurement à l'autorité des Etats non Juifs, mais jamais ils ne peuvent consentir à en devenir une partie intégrante ». Non, ils ne peuvent y consentir, car la civilisation chrétienne est le contrepied de la leur, et, de tous les peuples de race blanche, le Celto-Gaulois a tous les points de son caractère opposés à ceux du Juif.

Ne pouvant, bien entendu, imposer son code Talmudique au Celte, le Juif s'est fait libre-penseur, pour entrer dans le Temple Celto-Chrétien, et le renverser. Il a donc été le plus ardent propagateur des idées dites modernes, de la philosophie du xviii° siècle, et nous suggère que la religion juive étant la re-

ligion de la Raison que prônent les idées modernes,
il doit, forcément, en être le prêtre.

Nous allons trouver ici le point de contact religieux du juif et du protestant, dont la politique est
la même :

« Nous sommes, disent les Archives Israélites
(xv. p. 677, 1867) le type le plus absolu de démocra-
tie religieuse, et chacun de nous est le juge suprême
de la foi ».

Le Juif est devenu rationaliste comme le protestant.
Il est à lui-même son propre prêtre comme le protestant, car, ni le rabbin, ni le pasteur ne sont des prêtres ; ce sont des docteurs de la loi : le rabbin n'est
pas cohen ; il n'y a plus de prêtres en Juda ni en
Israël, depuis la destruction du Temple. Il n'y a plus
de Temple, mais des synagogues.

Sur le terrain religieux comme sur le terrain révolutionnaire, le Juif et le fils de Luther le templier se
donnent fraternellement la main pour tuer dans le
Celte la Foi, la foi en son Dieu, la foi en sa Race,
la foi en sa Patrie, au nom de la Raison.

La proposition suivante, adoptée par acclamation
au synode juif de 1869 nous éclaire sur les principes
modernes, c'est-à-dire sur le Jacobinisme.

« Le synode reconnaît que le *développement* et la
*réalisation des principes modernes sont les plus
sûres garanties du présent et de l'avenir du judaïsme* et de ses membres. *Ils sont les conditions les
plus énergiquement vitales pour l'existence expan-
sive et le plus haut développement du judaïsme* ».

Par ces idées modernes, juives et maçonniques,

le Juif règne en Europe intellectuellement et moralement. Matériellement, il règne par l'or. « L'or possède le Monde, dit des Mousseaux, et le Juif possède l'or ». « Je défie le roi et les Chambres, disait Toussenel, sous Louis-Philippe, de faire un traité d'alliance douanière, un traité de houille, de fer, dont les Juifs ne veuillent pas. Un homme d'Etat d'Allemagne, protestant, écrivait à des Mousseaux, en 1865 : « Pour les temps présents, je crois les *Juifs très actifs à ruiner les fondements de notre société* et à *préparer les révolutions*..... Depuis la recrudescence révolutionnaire de 1858, je me suis trouvé en relation avec un Juif qui, par vanité, trahissait le secret des *sociétés secrètes* auxquelles il s'était associé, et qui m'avertissait huit à dix jours à l'avance de toutes les révolutions qui allaient éclater sur un point quelconque de l'Europe. Je lui dois l'inébranlable conviction que tous ces *grands mouvements des peuples sont combinés par une demi-douzaine d'individus qui donnent leurs ordres aux sociétés secrètes de l'Europe entière* »

Ce que nous avons dit à propos de la Maçonnerie et de la Révolution n'est pas pour infirmer ceci, on le voit, ni cet imprudent aveu de Disraëli, de race Juive et premier ministre d'Angleterre : « *Ce monde est gouverné par de tout autres personnages que ne se le figurent ceux qui ne voient pas ce qui se passe derrière les coulisses*..... Cette diplomatie Russe, si pleine de mystères, et devant laquelle pâlit l'Europe occidentale tout entière, qui l'organise ? des Juifs... La puissante révolution qui se prépare et se brasse en Allemagne, (1844), où de fait, elle sera bientôt une *seconde réforme plus considérable que la première* ; cette révolution dont un soupçon de jour permet à peine aux yeux de la Grande Bretagne de pénétrer les mystères, eh bien, sous quels auspices prend-elle la plénitude de ses développements ? sous les auspices du juif. A qui, dans l'Allemagne, est échu le monopole presque complet de toutes les chaires professorales ? etc ».

Juif et maçon ont même but, mêmes doctrines, même langage mais le second est l'instrument de l'autre. « Voilà donc, dit des Mousseaux, la philosophie antichrétienne du xviii° siècle, l'Alliance Israélite universelle et la Société universelle de la Maçonnerie, vivant d'une seule et même âme ! Et la Maçonnerie des hauts adeptes, celle des initiés sérieux, nous permet enfin de voir au travers du sens de ces manifestes qu'elle n'est, en définitive que l'organisation lente du judaïsme militant, de même que l'Alliance israélite universelle n'est qu'une de ses organisations patentes.... Le Juif est donc, naturellement, et nous ajoutons qu'il est nécessairement, l'âme, le chef, le grand-maître réel de la Maçonnerie, dont les dignitaires connus ne sont, la plupart du temps, que les chefs trompeurs et trompés de l'Ordre. »

Quelques mots de deux curieuses affaires qui montrent bien l'influence juive On les trouvera racontées dans « *le Juif* », de des Mousseaux. Le héros de la première est l'ancien rabbin Drach. Il se voit enlever ses enfants que la police ne peut trouver, et il s'écrie : « Que peuvent les plus sages mesures des autorités de tous les pays, contre la vaste et permanente *conjuration d'un peuple* qui, réseau non moins immense que solide jeté sur le globe, *porte ses forces partout où surgit un évènement qui intéresse le nom israélite* ».

La seconde est relative à l'assassinat rituel du P. Thomas de Damas et de son domestique, et date de 1840. Elle est relatée dans l'ouvrage de Laurent, « Affaires de Syrie » qui disparut sans s'être beaucoup vendu, de même que les pièces concernant cette affaire disparurent du ministère des affaires étrangères pendant que Crémieux était membre du gouvernement provisoire. Le Consul de France, ayant demandé des poursuites est diffamé par les Juifs d'Europe. Malgré la « caisse nationale des Juifs » (c'est l'expression du Consul de France), la justice suit son cours, et dix juifs sont condamnés à mort. C'est alors qu'intervint la toute puissance juive. « Les assassins du P. Thomas, dit Drach, convaincus de leur crime, ont été soustraits à la vengeance de la loi par les efforts réunis des Juifs de tous les pays... L'argent a joué le principal rôle dans cette affaire ». On demanda la *révision,* et Méhémet-Ali rendit les prisonniers à la liberté en disant aux délégués des Juifs européens : « Les prisonniers sont libres ; la protection la plus large sera accordée à vos frères ; c'est mieux, je pense, que la révision et les enquêtes... J'aime les Juifs... J'accorde avec plaisir à leurs délégués cette preuve de sympathie ». Les mots de grâce de culpabilité et d'innocence furent évités dans le firman. Les délégués étaient sir Moses Montefiore et le Grand-Maître Crémieux.

Cette admirable solidarité des juifs inspire aux « Feuilles historiques et politiques », de l'Allemagne (1868) les réflexions suivantes : « L'égalité qu'il vient d'acquérir ne suffit plus au juif, il veut être préféré, dominé... *Lorsqu'on tire le plus petit Juif un peu par le bout de l'oreille, tous les Juifs du globe poussent des cris au sujet de ce traitement, de cet* attentat brutal. Lorsqu'on se permet l'observation que *peut-être le petit Juif n'a eu que ce qu'il mérite, on est traité de réactionnaire et d'obscurantiste* ».

Ces mots sont cités sans joie par l'*Univers Israélite* (1868-293-294), qui rapporte également ce qui suit : Si tous les Juifs sanguinaires qui entouraient la maison de Pilate... étaient tout à coup changés en journalistes... ils ne pourraient manifester une haine plus sauvage contre le Christ que ne le fait actuellement la bande des juifs (de Vienne) qui domine l'opinion publique en la terrorisant... On excite la populace d'une telle manière contre le clergé, que l'exaltation provoquée en 1793, à Paris, par les Voltairiens contre le Clergé français paraît presque une joie d'enfant. Le Juif règne à Vienne ».

En 1862, le Centre Judéo-Maçonnique était à Londres. « A Londres, disent les «Feuilles historiques et politiques de Munich » où se trouve, comme on sait le foyer de la Révolution, sous le grand-maître Palmerston, il existe deux loges juives qui ne virent jamais de chrétiens passer leur seuil ; c'est là que se

réunissent tous les fils de tous les éléments révolutionnaires qui couvent dans les loges chrétiennes ».

Si l'on veut être édifié sur le résultat de l'influence
juive dans une nation, on lira le Manifeste des députés roumains dans l'ouvrage de Gougenot des
Mousseaux.

Kluber, dans son « Coup d'œil des délibérations
diplomatiques du Congrès de Vienne », dit que « s'il
arrive que la société chrétienne reste digne de son
nom et fidèle à la défense de ses droits, un antagonisme permanent entre l'État et le judaïsme devient
inévitable ». Les années ont passé, l'antagonisme
n'existe plus. Le Juif est le maître.

L'obstacle, la civilisation chrétienne s'effrite petit
à petit sous la poussée vigoureuse de ses adversaires,
grâce à la faiblesse pour ne pas dire plus, et à l'a-
veuglement de ses défenseurs, qui apprennent l'histoire dans les livres de leurs ennemis. Mais le Français n'a jamais voulu croire que l'histoire se résume
dans la lutte du Celte et du Sémite.

On l'avait prévenu cependant.

« Je vois dans le Juif-errant, dit George Sand
dans sa Correspondance, en 1857, la personnification du peuple juif... avec ses immortels cinq sous...
son activité, sa dureté de cœur pour quiconque n'est
pas de sa race, et en train de devenir le roi du
monde, et de tuer Jésus-Christ, c'est-à-dire l'idéal.
Il en sera ainsi par le droit du savoir-faire, et *dans
cinquante ans la France sera juive* ».

L'auteur de Consuelo savait à quoi s'en tenir sur
les dessous de l'histoire. C'est plutôt là une parole

prononcée en connaissance de cause qu'une prophétie.

Le Juif Mirès ne parle pas autrement :

« Si, dans cinquante ans, vous ne nous avez pas pendus, vous autres catholiques, il ne vous restera plus de quoi acheter la corde pour le faire ».

Balzac met ces paroles dans la bouche d'un de ses personnages. « Il m'a dit en 1831, ce qui devait arriver et ce qui est arrivé : les assassinats, les conspirations, *le règne des Juifs* ».

« Il y a une douzaine d'années, M. Hérisson, ancien ministre du commerce, étant en villégiature à Grasse, a dit ceci (ou du moins c'était le sens) dans une conversation entre amis : « Ah ! messieurs, vous nous conseillez de faire ce que nous voulons, ce que nous croyons bon pour le pays ? Mais si vous saviez !!... *Nous ne sommes pas libres*. Ainsi, dans toute question, je ne dis pas que le gouvernement doive prendre avis des Rothschild, mais *il ne peut rien faire sans les en avertir* ». (Extrait d'une lettre que Quesnay de Beaurepaire a reçue de Nice le 19 janvier 1899, et publiée dans « Le Panama et la République »).

Les derniers défenseurs de la Civilisation chrétienne sont sur le point de sombrer. La Judéo-Maçonnerie, pour arriver à fonder sa République européenne, lui porte de nos jours les derniers coups. Elle a favorisé la formation de l'unité italienne, sous le sceptre des maçons de la maison de Savoie. Elle a laissé à Sadowa, la monarchie prussienne, d'essence et d'origine templière, faire le pas le plus important vers l'unité d'Allemagne.

L'Espagne catholique ne compte plus comme grande puissance. L'Autriche catholique est à la veille du démembrement. Il fallait pour cela que disparût l'archiduc Rodolphe. Deux femmes furent mises sur son chemin. La première, une Juive, tenta de faire rompre ses fiançailles avec une princesse catholique en s'étalant dans le wagon-salon, illuminé a giorno devant les yeux de la princesse Stéphanie, qui accompagnait son fiancé à la gare. La seconde qu'on ne dit pas juive, mais « d'origine orientale », mutila, pendant son sommeil, le prince qui la tua et se suicida ensuite.

Quant à la France, elle paraît tout-à-fait matée, conquise. Les ennemis de sa civilisation traditionnelle, d'ailleurs, ne se gênent plus, étalent au grand jour les doctrines qu'on ne dévoilait autrefois qu'au sein des loges, et dont les incrédules souriaient lorsque des écrivains clairvoyants ou renseignés les leur dévoilaient. Les plus imprudents et les plus sincères proclament même à la tribune des Assemblées politiques, des principes renouvelés de Weishaupt.

Quelques citations de journaux maçonniques empruntées au livre de St-Auban, « *Le Silence et le Secret* », montrent que les Maçons n'ont rien inventé depuis ce grand chef de la Maçonnerie du xviii⁺ siècle.

Rappelons d'abord le fameux passage de la lettre

de Voltaire à Damilaville où il résume le programme maçonnique.

« La religion chrétienne, est une religion infâme, une hydre abominable, un monstre qu'il faut que cent mains invisibles percent..... Il faut attaquer le monstre de tous les côtés et le chasser pour jamais de la bonne compagnie. Il n'est fait que pour mon tailleur et mon laquais ». (Voltaire, lettre à Damilaville).

- Que pensez-vous de l'amour des philosophes du XVIIIe siècle pour le peuple ? Que pensez-vous de leur désir de voir le peuple éclairé, ce peuple pour qui est bonne une chose infâme pour eux ?

« Nous Francs-Maçons, sommes-nous des libertaires ? Non, nous sommes des sectaires. » (Compte-rendu du Convent de 1891. Bull. du G. O. p. 433).

Nous sommes loin des grands mots de tolérance, humanité, justice, que l'on sert au malheureux profane qui se pâme d'admiration.

« La Franc-Maçonnerie *ne fait que de la politique* et, s'il fut un moment, non pas de règle, mais de formalisme, de déclarer qu'elle ne s'occupait ni de religion, ni de politique, c'était sous l'impression des lois et de la police que nous étions obligés de dissimuler ce que nous avions mission de faire, et de faire uniquement ». (Citation du Journal officiel de M∴ française. 1886. p. 545. Ces paroles ont été prononcées au Convent de Paris du 18 septembre 1886).

« Je n'ai aucun motif de haine contre la Franc-Maçonnerie. J'ai mené à bien à peu près tout ce que j'y ai tenté, si ce n'est lorsque j'ai essayé d'y prêcher la tolérance et le respect de toutes les opinions ». (Copin-Albancelli.)

« Si aujourd'hui, nous pouvions déposer ce cordon, abolir nos temples, les remplacer par des salles, comme celles de toutes les sociétés ordinaires, devenir simplement une association de discussions philosophiques et d'assistance mutuelle, je pense que ce jour-là, notre association tendrait à périr ». (Bulletin du Grand-Orient, 1890, p. 447).

La Franc-Maçonnerie n'est donc pas une société de secours mutuels.

« Le *Radical* notifie aux frères dont la nature paisible « se contenterait volontiers des discussions académiques sur des points de philosophie transcendante », qu'elles peuvent chercher ailleurs les plaisirs calmes à leur goût ».

« Le convent Maçonnique de 1885 a *supprimé* un article des statuts de la Franc-Maçonnerie, qui proclamait le respect de « la foi religieuse et des opinions politiques de chacun ».

« En France, il serait puéril de nier que la Question Cléricale est avant tout une.Question religieuse ». (Convent de 1892. Bull. du G. O., p. 504).

« Synthèse rationnelle du catholicisme : Jésus a usurpé le pouvoir divin, il s'en est servi pour affirmer des choses fausses, et faire croire qu'il faisait des miracles ; il a légué ce pouvoir à son Église qui en fait un usage diabolique ». (Discours aux loges réunies de Lyon, le 2 Août 1868, p. 213).

C'est l'opinion des Juifs sur Jésus. (Voir le Sepher Toledoth Jeschu).

« La distinction entre le catholicisme et le cléricalisme est assurément difficile, subtile, pour les besoins de la tribune, mais ici, en loge, disons-le hautement, pour la vérité, le catholicisme et le cléricalisme ne font qu'un ». (F∴*** prof. à la Faculté de Lille, tenue de la loge l'Étoile du Nord. Lille, 8 mai 1880. Chaîne d'Union 1880, p. 199).

Et les F∴ appellent les catholiques cafards !..

« Notre but doit être de déchristianiser la France par tous les moyens, mais surtout en étranglant le catholicisme peu à peu, chaque année, par des lois nouvelles contre le clergé, d'arriver enfin à la fermeture des églises ». (Résolution votée par une importante réunion, d'après Saint-Auban).

(Citation du Bulletin du G∴ O∴ 51ᵉ année, p. 188). (Assemblée générale du 9 septembre 1895). « Notre ordre possède un idéal particulier et spécial qu'il enseigne et prêche dans le monde depuis plus d'un siècle, *un idéal moral antagoniste à l'idéal moral chrétien* ».

« Oui, nous devons écraser l'infâme mais l'infâme, ce n'est pas le cléricalisme, c'est Dieu ! ». (Paroles prononcées à la Loge Clémente amitié, le 13 mars 1880. Monde Maçonnique Avril 1880, p. 502). « La lutte engagée entre le catholicisme et la F∴ M∴ est une lutte à mort sans trève ni merci. Il faut que partout où on élève la Croix soit élevé le drapeau de la F∴ M∴ ..... Le camp de Dieu et le camp de Satan, a dit Léon XIII. L'hésitation n'est plus possible : contre l'Eglise ou contre nous ! (Journal de la Mac .·. universelle, 1876, p. 72 et Journal officiel de la Maç .·. 1885, p. 74).

« Il faut briser Eglise et Religion... Arrière, crucifié, qui, depuis dix-huit siècles, tiens le monde courbé sous ton joug (Ton règne est fini... Plus de Dieu et plus d'Eglises ! » (Journal de la Maçonnerie universelle 1876, p. 172, Journal officiel de la Maçonnerie, 1885, p. 74).

« Il faut engager tous ces procès devant les tribunaux dans lesquels nos frères sont assurés de la majorité ». (Citation d'un bulletin maç .·. tirée de la Revue la « Franc-Maçonnerie démasquée » (n° 162, 19 juin 1893, p. 155).

C'est rassurant pour les profanes.

Doumer est ainsi excusé par le chef adjoint de son cabinet, à la Loge : La Justice. « M. Doumer est retenu au ministère de l'intérieur par des travaux profanes. Quand je dis profanes, je me trompe, ce sont presque des travaux maçonniques ».

« Les Francs-Maçons actifs sont en majorité dans le ministère, et quand à moi, je n'ai jamais été aussi actif dans la M.·. que depuis que je suis membre du gouvernement... Nous essayerons, mes collègues et moi, d'appliquer toujours les principes de la Maçonnerie ». (Discours de Gueysse, ministre des colonies en 1896, au Grand-Orient).

« La lutte de la Maçonnerie contre l'Eglise, dit Saint-Auban dans son livre remarquable, est comme le proclament les Frères « une lutte sans merci », un

tragique duel entre deux idées, deux aspira-
rations, deux doctrines qui ne peuvent coexister,
dont l'une doit mourir pour que l'autre vive ; parce
qu'elles sont deux contraires qui s'abominent, qui
s'excluent ».

§ 2. — La Fusion des Races. Race celtique et race
sémitique

Le premier écueil que le Celte doit éviter, c'est la
perte de ses caractères raciques, le second, c'est l'oubli de sa voie propre, qui peut devenir définitif par
la domination d'une autre race, surtout si le caractère et les aspirations de cette race sont opposés aux
siens.

Les diverses écoles socialistes prônent la fusion
des races. Elles continuent la tradition, ou mieux
l'anti-tradition jacobine, dont Rousseau a formulé
les principes, ou plutôt les antiprincipes : elles rai-
sonnent sur l'homme abstrait, et ne veulent pas voir
l'homme réel, qui diffère selon les races, les nations,
les provinces, les individus.

Elles sont les apôtres de la fusion des races, ce qui
est contraire aux données les plus élémentaires de la
science moderne, pour laquelle ils ont un culte, cependant; mais ils cessent de le pratiquer quand il
devient gênant.

La règle générale est que le produit de deux individus de races différentes est inférieur à l'individu

de la race la moins élevée. La race élevée perd donc
au croisement. Si nous supposons possible la fusion
des races, elle n'est point à désirer, puisqu'elle est
funeste à l'avenir des races supérieures. Une race,
une nation n'est donc point sectaire à vivre à part,
de sa vie propre. Tout est série, dans la nature : la
lumière blanche est composée d'une série de couleurs,
la gamme d'une série de notes, le son d'une série
de vibrations. Dans l'harmonie universelle des races,
chaque race peut être comparée à une série de gam-
mes où chaque nation est une gamme. Dans un or-
chestre, on ne peut faire jouer la partie des violons
par les cuivres qu'au détriment de l'harmonie, et
une race dominée par une autre race, d'aspirations,
d'instincts, de facultés différents, ne peut donner,
dans l'harmonie des races, qu'une note détonnante.

Chaque race doit vivre de sa vie propre, suivre
sa voie propre, sans subir la contrainte d'une autre
race.

La fusion des races serait-elle désirable qu'elle est
impossible. En effet, *la loi de retour au type* s'y
oppose. Après trois ou quatre générations, le descendant d'un nègre et d'une blanche est un nègre
ou un blanc, le descendant d'un Celte et d'une Sémite est Celte ou Sémite ; quant à l'individu inter-
médiaire, c'est un métis, chez lequel des instincts et
des morales opposés se combattant, donnent la perversité pour résultat. L'histoire nous en a fourni des
preuves.

La race est la base de l'évolution des peuples et
des individus. Dans une nation, les mélanges transi-

toires sont des éléments de trouble et peuvent avoir
une prééminence plus ou moins passagère, car, si le
métis est pervers, il ne manque ni d'intelligence, ni
d'énergie, mais, de par la loi du retour au type, la
race la plus nombreuse tend toujours à revenir au
total primitif des individus.

L'instinct de conservation de la race existe aussi
bien que l'instinct de conservation de l'individu ou
de l'espèce. La lutte est vraiment la condition de la
vie des individus et des collectivités, mais elle peut
se produire sur des plans divers selon le degré de
civilisation, les époques, et selon d'autres circonstances.

Pour faire lutter les individus, l'instinct de conservation des collectivités se manifeste par des circonstances occasionnelles quelconques ; pour les
faire guerroyer, par exemple, il usera de la volonté
d'un conquérant, d'intérêts dynastiques, économiques ou autres. L'instinct de conservation est la véritable cause de la lutte des races, des nations, des
partis politiques, des individus. Ainsi disparaissent
les faibles devant les forts sur quelque plan que se
produisent les luttes.

Qu'une nation accepte chez elle une colonie ou des
colonies de race autre, quand bien même cette colonie ne serait pas comme la colonie juive en France,
une véritable nation, il se produit des résultats dé-
sastreux.

Le Bon, dans sa « Psychologie du Socialisme »,
donne l'exemple des Etats-Unis, où les individus
étrangers à la race Anglo-Saxonne forment des colo-

nies ne cherchant qu'à se faire nourrir par la patrie d'adoption, sans s'unir à elle, sans se soucier de ses intérêts ; et, la cause, ce n'est pas seulement l'absence de même tradition, de même langage, c'est avant tout l'absence de tout lien de sang.

« *L'apport d'éléments hétérogènes dans la vie de Rome*, dit Paul Adam, (Journal 25 oct. 1900), *condamna l'empire* ». Gustave Le Bon attribue de même la chute de l'Empire Romain à son mélange avec des races étrangères.

N'oublions pas le conseil que nous donne également Salomon Reinach, dont nous avons déjà cité les paroles : « *La Gaule romaine est restée médiocre dans le domaine de l'art... parce que les tendances du génie national étaient en conflit avec les leçons qui lui venaient du dehors. Lorsque la France aura un art original, au* xii⁰ *siècle, c'est par l'évolution libre de son génie*, et le contact de la Renaissance italienne sera loin, comme on sait, de lui profiter ».

Les Sémites, dit Renan, « comparés à la Race Indo-Européenne, présentent une combinaison inférieure de la nature humaine ».

Le croisement d'un Celte et d'un Sémite produit un individu inférieur au Celte et supérieur au Sémite. Le métissage serait donc au désavantage de la Race Celtique.

D'autre part, les races doivent d'autant moins se mélanger que leurs origines, leurs couleurs, leur morale, leurs aspirations, leur caractère sont différents.

Le Celte doit d'autant moins fusioner avec le Juif,

par exemple, que leur intellectualité et leur moralité présentent des caractères diaimétralement opposés.

Nous avons dit ce qu'était le Celte ; idéaliste, spi-
ritualiste, généreux ; le Celte vit, avant tout, de la
vie du cœur.

N'ayant qu'un but : la possession des choses ma-
térielles et du pouvoir, sensualiste et ambitieux, tel
est le Juif. Son royaume est de ce monde. Il veut
jouir de la terre, et la posséder.

Le Juif est un cerveau qui travaille pour un ventre.

« Manger dit Feuerbach, est l'acte le plus pom-
peux, l'initiation à la religion juive ». Par suite des
conditions dans lesquelles il a été, à juste titre,
obligé de vivre, mais surtout parce qu'il le fallait
pour réaliser son idéal tout matériel, le Juif a dû
développer son cerveau.

Et, ici, ce n'est plus du Sémite en général qu'il
s'agit, mais du Juif. Séparé depuis des siècles de ses
frères de race, et même des Israélites qui formaient
primitivement avec lui une seule nation, il a pris
une physionomie très particulière parmi les Sémites.

« Rien de plus plongé dans l'illusion, dit Ledrain,
que l'ethnographe confondant ensemble, dans un
groupe unique, tous les Sémites. Israël est un peuple à part, d'une forme d'esprit tout étrange, *coulé
dans le moule de la Kabbale et du Thalmud, et s'y
étant, pendant des siècles, façonné pour l'éternité* ».

L'auteur confond ici, avec beaucoup d'autres.

Juifs et Israélites. Les premiers sont séparés des seconds depuis des siècles, et quand les Juifs s'appliquent le nom d'Israélites, ils usurpent ce nom.

« Au temps de Caïus Caligula, Appion d'Alexandrie résuma toutes les accusations qui pouvaient enflammer la colère publique contre les Iehoudites : c'est un peuple hostile au genre humain, *séparé de tous les autres* ».

Séparé de tous les autres peuples, tel est en effet le peuple juif : pour le Juif, rien n'existe que le Juif ou pour le Juif.

Ajoutons qu'au point de vue moral, le nom d'Israël convient aussi bien aux Juifs qu'aux Israélites : Israël signifie, en hébreu : Fort contre Dieu. l'ADVERSAIRE DE DIEU.

« Juif morose, disait, à la fin du ive siècle, le poète Rutilius, Juif morose, espèce d'animal qui ne se nourrit pas comme les humains...., race qui aime à célébrer par la *tristesse* la fête du sabbat, cérémonie *moins glacée que son cœur*, peuple d'esclaves et de fous ». « Rutilius, dit Cénac, voudrait que la Judée n'eut jamait été conquise par Pompée et par Titus, pour que cet ulcère ne fut pas attaché aux flancs de l'Empire ».

Le Juif est aujourd'hui ce qu'il était quand il adorait Moloch, Jéhovah avant la réforme de son culte, et les divers Baalim, l'adorateur du Dieu cruel et obscène qui admettait dans son temple de Jérusalem même après la réforme, des Kedeschot et des Kedeschim, des prostituées et des prostitués, choisis parmi les *autres nations*, et que remplacent, aujourd'hui au figuré, du moins, les *Kadoschim* (pluriel de Kadosch) et autres maçons, et les sœurs maçonnes.

Sur tous les plans, le Juif prend et garde. Il ne produit pas. *Economiquement,* n'étant pas un concurrent, il est donc moins dangereux que les autres adversaires du Celte. Les idées passent par son cerveau sans évoluer : jamais elles ne s'y tranforment. Son cerveau est propre au calcul et à l'érudition, à l'étude des langues.

Il est instinctif, impulsif même, sensuel, érotomane. Il agit tout naturellement par la corruption pour arriver à la richesse et à la domination.

Le Juif Cerfbeer avoue que « les crimes commis par les Juifs dénotent une dépravation plus profonde », et le Juif Lombroso que la majorité des Juifs est plus imbue de cupidité et d'avidité du pouvoir que d'amour du bien ». Au lieu d'ajouter avec Lombroso que « ceci s'explique par l'épidémie de notre époque », nous dirons : et c'est ce qui explique qu'à notre époque, où le Juif est maître, l'or et l'ambition règnent exclusifs, « Il faut ajouter, dit encore Lombroso, que leur criminalité surtout composée de duperies commerciales, est de celles qui restent le mieux cachées, qui s'accordent le mieux avec les civilisations avancées, où les délits, vols latents et légaux, sont dénommés opérations de Bourse et de Haute-Banque ».

Le même savant — après ce qu'il vient de dire, je commence à douter qu'il soit Juif — le même savant reconnaît que les maladies nerveuses sont fréquentes chez les Juifs. On peut aller plus loin et

dire que dans tout Juif il y a un névropathe : conséquence forcée du surmenage cérébral d'une nation
qui, par nécessité et par goût, se cantonne depuis
des siècles dans un même genre de *travail*, si j'ose
m'exprimer ainsi.

La nation juive se divinise dans Jéhovah, sa personnification, et le Temple de Jérusalem reconstruit,
c'est le monde fédéralisé sous la domination juive.

Les prophètes sont des patriotes « qui rêvent pour
leur race un piédestal fait du cadavre des nations »,
dit Peladan. « Etranger à tous nos instincts d'honneur, de fierté, de gloire, de délicatesse et d'art...
Israël fut toujours persuadé, (tant ses docteurs le
lui ont répété), que Dieu fait travailler le reste du
monde pour lui » (Renan, l'*Antéchrist.*) Et comme
Renan ajoute que « quand toutes les nations et tous
les siècles vous ont persécuté, il faut bien qu'il y ait
à cela quelque motif ». Jules Soury, qui le cite, fait
remarquer que ce motif n'était pas religieux, et que
jamais le judaïsme, n'a été persécuté comme religion. En effet, ainsi que le reconnaît le Consistoire
de 1807, Rome se montra toujours la protectrice des
Juifs.

Dans leur Manifeste, publié par des Mousseaux,
les députés roumains disent que les Juifs considèrent
le non juif comme un ennemi, et que leur religion
leur fait entrevoir la perspective d'un avenir bril-
lant où, finalement, ils domineront sur l'humanité entière ».

Ils mettent simplement en action les doctrines
civiles et religieuses du Talmud, dont nous avons

donné des citations significatives. « Le Mosaïsme,
dit Hegel était la perversité, l'abjection ayant conscience d'elle-même. Le Judaïsme a, de tout temps, agité ce singulier sentiment de la nullité intérieure affu-
blée d'orgueil ». Et la cruauté ? Esdras, pour épurer
le peuple juif, chasse les épouses étrangères et leurs
enfants. Dans son livre sur la campagne de Russie,
le général de Ségur rapporte que « vingt mille Français étaient restés à Vilna, malades, blessés, épui-
sés. « Les Juifs que la France avait protégés, les atti-
raient sous prétexte d'hospitalité dans leurs maisons, les pillaient, les jetaient ensuite entièrement
dépouillés par les fenêtres, et les laissaient périr
misérablement, par le froid et la neige ». Cet évènement est symbolique, et son récit peut nous servir
de parabole : éblouir le Celte avec des idées huma-
nitaristes, puis, lorsqu'il est hypnotisé, le dépouiller, tel est le rôle éternel du Juif.

Le Juif est immuable, son but est immuable : il
est fidèle avant tout à sa race et à sa tradition ; il
peut faire bon marché de sa religion et de ses pratiques : son dieu, c'est *sa Race* ; sa Tradition, voilà sa
vraie religion. Quand il s'allie, par mariage, au
Celte, c'est par nécessité et par orgueil ; on essaierait
en vain de lui faire appliquer la théorie de la fusion
des races dont il nous berce en ricanant. Les Juifs
sont solidaires, mais les individus se haïssent entre
eux. Une des raisons qui livrent si facilement les
Celtes aux Juifs, c'est que s'ils s'aiment et se recher-

chent entre eux, ils sont étrangers à l'idée de solidarité, et dédaignent leurs traditions.

« Les Juifs, dit Feuerbach, se sont conservés jusqu'à nos jours dans leur originalité. Leur principe,
leur Dieu, est le principe le plus pratique du monde,
l'égoïsme, et, à la vérité, *l'égoïsme sous la forme de
la religion*. Jéhovah est la conscience qu'a Israël de
la sainteté et de la nécessité de son existence, nécessité devant laquelle s'évanouit l'existence des autres
peuples du monde. Jéhovah est le salut d'Israël, auquel
doit être sacrifié tout ce qui fait obstacle en son chemin, le feu de la colère qui brille dans le regard
brûlant de *vengeance de ce peuple avide de destruction*. Jéhovah, en un mot, est le *moi d'Israël qui se
regarde comme l'arbitre du monde, comme le but
final des choses* ».

Pour terminer cet aperçu de la mentalité juive et
du but de la nation juive, rappelons les opinions de
Zola et des Juifs Karl Marx et Darmesteter sur leurs
compatriotes :

« Cette race maudite, dit Zola, qui n'a plus de
patrie, plus de prince, qui vit en parasite chez les
nations, feignant de reconnaître les lois, mais en
réalité, n'obéissant qu'à son Dieu de vol, de sang et
de colère, remplissant partout la mission de féroce
conquête que ce Dieu lui a donnée, s'établissant
chez chaque peuple, comme l'araignée au centre de
sa toile, pour guetter sa proie, sucer le sang de
tous, s'engraisser de la vie des autres ! Est-ce qu'on
a jamais vu un Juif faisant œuvre de ses doigts ?
Non, le travail déshonore, leur religion le défend

presque, n'exalte que l'exploitation du travail d'autrui. Ah ! les gueux ! »

(Zola, cité par la *Libre Parole*).

La virulence de l'antisémitisme zolaïque n'est pas obligatoire. Zola est un métis, c'est-à-dire un violent, un pervers, un déséquilibré. Encore un cadeau de l'Italie, la famille Zola, dont le dernier rejeton, dans la besogne vehmique que les adversaire du Celte se partagent, s'attaque à l'idéalisme celtique.

Voici ce que dit le Juif Karl Marx, un des chefs du socialisme : « Le Juif, qui veut être émancipé de l'Etat chrétien veut que cet Etat se défasse du préjugé religieux. Mais est-ce que le Juif se défait du préjugé religieux juif? Non. Comment donc peut-il exiger d'autrui ce qu'il refuse lui-même ?

« De son côté, le Juif ne peut agir sur l'Etat qu'en Juif, c'est-à-dire en étranger ; il continue d'attendre un avenir qui est en divergence absolue avec l'avenir universel de l'homme ; il se croit membre de la nation juive, et la nation juive, il l'appelle la nation élue ».

« Quelle est donc la base mondaine du Judaïsme?

« C'est le besoin pratique, l'égoïsme.

« Quel est le culte du Juif ? C'est le trafic.

« Quelle est la divinité moderne du Juif ? c'est l'argent.

« Eh bien, s'émanciper du trafic et de l'argent, c'est-à-dire du judaïsme pratique et réel, serait donc la grande émancipation si nécessaire à notre époque.

« L'émancipation juive, dans sa signification extrême, c'est l'émancipation de l'humanité des biens que le judaïsme lui impose ».

« *Le monothéisme juif*, est donc, à la vérité, le polythéisme des nombreux besoins qui se font sentir à l'individu ; un polythéisme qui a fait même du lieu d'aisance un objet de la loi divine.

« L'*Argent, voilà le Dieu d'Israël*, devant qui aucun autre dieu ne saurait subsister ».

« Dans la religion juive, on trouve exprimé, d'une manière abstraite, le mépris envers toute théorie, envers l'art, envers l'histoire, bref, envers l'homme comme ayant son but en lui-même ». « La loi juive, sans base et sans limite, sans raison et sans signification n'est que la caricature religieuse de la moralité et du droit sans base et sans limite, sans raison et sans signification ; la caricature des rites sèchement et imbécilement formulés, dont s'entoure le monde de l'égoïsme ».

« Le Judaïsme monte sur son point culminant, quand la société bourgeoise s'est parfaitement développée ».

« Quand la société aura réussi à effacer l'*essence empirique du judaïsme, le trafic et ses bases, alors le juif sera devenu impossible, parce que sa conscience* n'aura plus d'objet, parce que le fondement subjectif du judaïsme (le besoin pratique) aura été humanisé ; parce que enfin le conflit aura cessé entre l'existence individuelle et son existence générique, ou générale ou sociale. *L'émancipation sociale du Juif est donc l'émancipation de la société du joug du judaïsme* ».

« Le Juif, dit Darmesteter (cité par Vial, dans le *Juif sectaire*), s'entend à merveille à dévoiler les points vulnérables de l'Église..... Il est le docteur de l'Incrédule..... *Tous les révoltés de l'esprit viennent à lui dans l'ombre ou à ciel ouvert*..... Il est à l'œuvre dans l'immense atelier de blasphèmes du grand empereur Frédéric (le vainqueur de Rosbach, ami de Voltaire) » (et, ajouterons-nous. protecteur de la maçonnerie), « et des maisons de Souabe et d'Aragon. C'est lui qui forge tout cet arsenal meurtrier de raisonnement et d'ironie, qu'il léguera aux sceptiques de la Renaissance, aux libertins du grand siècle. Et tel *sarcasme de Voltaire* n'est que le dernier et *retentissant écho* d'un mot murmuré six siècles auparavant dans l'ombre du ghetto. et *plus tôt encore, au temps de Celse et de Porphyre, au berceau même de la religion du Christ* ».

Cette citation est *extrêmement importante*. Rapprochons-la de ce que les *Francs-Maçons* nous disent eux-mêmes de leurs *origines templières et gnostiques*, et nous verrons combien il est vrai de dire que la *Maçonnerie, juive d'origine. d'essence et de direction*, descend des Juifs d'Alexandrie, qui, avec les Porphyre, les Philon, les Plotin et autres, tentèrent d'étouffer la religion du Christ dans son berceau, en réunissant en un corps de doctrine la Kabbale judaïsée et les philosophies du paganisme, avec le judaïsme pour moteur.

« Nous reconnaissons donc au *Judaïsme*, dit Karl Marx, un *élément antisocial universellement répandu, qui a été poussé à sa hauteur actuelle par le courant* de l'histoire, sous la *collaboration des Juifs* ».

Le « courant de l'histoire » qui, sous la direction des Juifs, a répandu universellement l'élément antisocial que traîne avec lui le Judaïsme, c'est la Maçonnerie, dont les chefs réels, et parfois même, les chefs apparents, comme les Crémieux et les Nathan, sont des Juifs.

Dirigé en sous-main, par les Juifs, également, le mouvement socialiste parut, à un moment donné, devoir être en conflit avec la Maçonnerie, qui s'oriente de plus en plus vers les doctrines socialistes, en quoi elle est logique, d'ailleurs, car les doctrines fondamentales de la Maçonnerie et du Jacobinisme flottent entre le socialisme et l'anarchie, et sont plus anarchistes encore que socialistes. Si l'élément maçonnique modéré se montre réfractaire au socialisme, il sera ce que furent toujours les modérés, — les membres de la Plaine de la Convention, par exemple, — mou, sans énergie, et il n'empêchera pas plus le socialisme d'arriver à ses fins en France, que les membres de la Gironde et de la Plaine n'arrêtèrent les Jacobins.

Le socialisme, qui n'est qu'un instrument, actuellement entre les mains de ceux qui dirigent le monde, paraît avoir d'autant plus de chances de succès, qu'il est un excellent moyen de destruction des derniers vestiges de la civilisation chrétienne, que veulent les chefs occultes. Et ces derniers sauront toujours bien détourner à leur profit des courants qui les auraient dépassés et auraient momentanément secoué le joug.

Le socialisme qu'on veut imposer au Celte est-il
en conformité avec le tempérament et les aspira-
tion du Celte ? Nous allons l'examiner brièvement.

.
. .
. .

§ 3. — Le Socialisme

L'idée de socialisme, de collectivisme ou de com-
munisme, est une idée étrangère au Celte et ennemie
de son tempérament racique. Elle sort des sociétés
secrètes comme le Jacobinisme.

Le Celte, individualiste, idéaliste, et par conséquent amoureux de liberté et désirant le mieux,
avide d'évolution, ne peut s'accommoder d'un état
social collectiviste et matérialiste.

Le socialiste prétend faire régner le bonheur sur
la terre, supprimer la servitude et l'égoïsme.

Or, le collectivisme réalisé amènerait infaillible-
ment : 1° la servitude universelle, 2° la destruction
de l'esprit d'initiative, l'espérance d'un gain étant,
dans le commerce et l'industrie de beaucoup le mobile le plus important des initiatives, 3° la fin des
découvertes scientifiques, des inventions industriel-
les.

A quoi bon des recherches scientifiques, des inventions, qui n'amèneraient dans la vie de celui qui
en est l'auteur aucune amélioration ?

Contradiction étrange, les socialistes ont pour principe que l'homme agira toujours selon ses intérêts,
et d'autre part ils veulent abolir l'intérêt individuel
pour le remplacer par l'intérêt collectif.

Ils veulent forcer à s'oublier lui-même pour les autres un être qu'ils pensent uniquement guidé par l'égoisme !

Obtiendraient-ils ce résultat de faire de l'homme un altruiste, que l'absence d'esprit d'initiative causerait la mort sociale du pays auquel le socialisme serait imposé.

D'autre part, l'égoïsme règnerait sous une forme différente. Pourquoi, dans cette immense caserne d'une Europe socialisée ou d'une nation socialisée, l'individu penserait-il à ses semblables ? N'auraient-ils pas comme lui leur vie assurée : leur couvert ne serait-il pas mis, à chaque repas, dans la « salle de réfection » de Benoît-Malon ? S'il y a des éléments d'altruisme dans l'homme, de quelle façon l'esprit de dévouement sera-t-il nourri ? Seul le ventre sera satisfait.

Le socialisme tue l'idéal : plus de religion, plus de grand art, où donc l'individu puiserait-il son idéal ?

Le socialisme pose en principe que l'égalité et la fraternité ne peuvent exister que par la suppression de la richesse et de la pauvreté, et que les inconvénients de son système sont compensés par la disparition de la misère.

En réalité, quoi qu'on y fasse, la disparition de la richesse et de la pauvreté ne peut être que le résultat du nivellement des intelligences. Comme je ne pense pas que les socialistes aient l'intention d'appliquer les principes de Henriot qui demandait la suppression des clochers parce qu'ils étaient une insulte à l'égalité, et d'installer une guillotine, d'une façon permanente du moins, à l'usage des individus dont l'intelligence dépasse la moyenne, ils ne pourront jamais faire que les hommes intelligents et habiles ne puissent avoir la suprématie et en bénéficier matériellement d'une façon ou d'une autre. Or, tout bénéfice réalisé par un individu est forcément retiré à un autre individu.

Les objections qu'on oppose au socialisme n'empêcheront sans doute pas le peuple d'y souscrire un jour.

Les épigones du socialisme disent au peuple : vous aurez le pain assuré et vous serez libres, l'Etat sera votre seul maître, si on peut appeler maître ce qui est l'ensemble des citoyens.

Il ne reste dans l'esprit du peuple que les mots de pain et de liberté. L'idée passe rapidement du cerveau dans le sentiment, et alors, comme le dit Gustave Le Bon, toute discussion devient inutile.

Le tribun exploite le désir du mieux qui se trouve au fond du cœur du peuple et fait dévier ce désir ; au lieu de le diriger en haut. il le retient en bas. Le succès est facile, à prêcher la religion du ventre. Si l'homme du peuple, en lui-même, se dit que « la vérité, ça n'est peut-être pas tout-à-fait ça », cette idée s'envole vite ; il la chasse ; elle est importune. Et puis, il faut d'abord ne pas mourir de faim, n'est-ce pas ?

On lui promet l'aisance pour tous. Il pense que la chose est réalisable. On croit ce qu'on désire. Il ne voit pas plus loin que ces promesses. Il ne veut pas voir plus loin.

Et puis, le tribun exploite l'envie : n'est-ce donc rien, le plaisir de voir les riches devenir pauvres, enfin vos égaux ?

L'envie ne fut-elle pas le vif sentiment qu'exploitèrent dans le Tiers-Etat, les meneurs de la Révolution ?

Mais le socialisme appliqué ne peut avoir qu'une existence éphémère, et sera vite odieux.

Le peuple ne sait trop ce que c'est la liberté. Il l'aime sans la connaître. Il sent que tel ou tel régime uniquement politique ne lui donne pas la vraie liberté, et espère toujours qu'un nouveau régime le rendra plus libre.

Il aspire au changement sans avoir l'énergie de l'accomplir. Il attend qu'on agisse pour lui, et applaudit toujours au succès, quitte à maudire bientôt, mais en le subissant, le régime qu'il acclamait hier.

Ajoutons que le besoin d'autorité, chez le Français, ne peut s'étouffer longtemps, et on ne s'étonnera pas si le socialisme, moins vivant et plus inepte que tout autre régime, après une catastrophe rapide, sanglante et boueuse, est mâté par quelque César.

Le socialisme appliqué, c'est la réalisation complète des doctrines des Illuminés et des Jacobins. C'est ce qui fera la force du socialiste et la faiblesse du Jacobin, ou socialiste modéré, le jour où le premier mettra le second en demeure d'appliquer ses doctrines ou d'être en contradiction avec lui-même.

Déjà, le jacobinisme, installé au pouvoir, devient sans force contre le socialisme dont il pourra diffi-

cilement ralentir l'évolution, si les défenseurs de la
tradition française et par conséquent du bon sens, ne
sortent pas de leur inaction. Autrement, le Jacobin
aura le sort des Girondins. Parti des mêmes principes que le Jacobin, le Girondin eut peur de leurs
conséquences, et voulu arrêter le courant; il n'avait
pas la notion du moment précis, comme Napoléon, où
le torrent, ayant perdu de sa violence, pouvait être
endigué. Le Girondin succomba : il était illogique et
sans énergie. Les Jacobins qui résisteront au courant socialiste seront vaincus pour les mêmes raisons
que les Girondins.

La victoire du socialisme serait le dernier coup
porté à la civilisation Celto-Chrétienne parce qu'ennemi de l'individualisme il tue la liberté. Enfin, il
détruit la famille, toute religion, tout idéal. L'instauration du socialisme a peu d'importance pour le Celte.
L'application aurait peu de peine à en démontrer
l'absurdité et l'absurdité du Jacobinisme, dont il est
la réalisation logiquement complète. Mais derrière
les socialistes, conscients ou non, se trouvent les ennemis de la France, qui après le chaos qu'ils désirent,
la traiteront en proie facile, si le Celte traditionaliste n'intervient pas.

Pour arriver à leurs fins, les ennemis de la France,
les ennemis de l'intérieur et de l'extérieur parvinrent
à imposer à la France, en 1873, la République Jacobine dont nous jouissons aujourd'hui. A cette époque,
ils concentraient sur Bismarck toutes leurs espéran-
ces.

Bismarck, qui connaissait les dessous de l'histoire et la psychologie des hommes du moment, pouvait être rassuré sur la personne du comte de Chambord : il savait très probablement quels genres de scrupules lui feraient refuser la royauté. Néanmoins, il redoutait, les révélations du procès d'Arnim en font foi, la monarchie qui eût pu sortir la France de l'anéantissement d'où elle ne paraissait pas devoir se relever de sitôt. « Il ne cessait de redire dans ses dépêches : « que l'*Allemagne n'avait à redouter ni la république, ni l'empire* ; que son intérêt était que la France restât faible et sans alliés ; que la république, et, à défaut de la république, l'empire, était le régime sous lequel la France parviendrait le moins à se relever ; que *la France monarchiquement constituée serait un danger pour l'empire d'Allemagne*, parce que la monarchie serait capable de conclure des alliances...» *Tous les hommes d'État, tous les journaux allemands n'ont cessé de répéter « que le régime qui, en s'acclimatant en France, ferait mieux les affaires de la Prusse, était le régime républicain* ».

« L'éventualité d'une restauration bonapartiste *au cas où la république ne pourrait pas se maintenir*, était, on le voit, soigneusement ménagée par nos ennemis et servie par eux avec discrétion.

« M. d'Arnim écrivait au chancelier le 6 mai 1872 : « Nous ne devons pas repousser les tentatives bonapartistes pour entrer en connexion avec nous. Ils sont, de tous les partis, le seul qui cherche ouvertement notre appui, et qui inscrit dans son programme la réconciliation avec l'Allemagne ».

Le 12 mai, M. de Bismarck répondait :

« Le parti impérial bonapartiste est probablement celui avec l'aide duquel on pourrait encore se flatter le plus raisonnablement d'établir des rapports tolérables entre l'Allemagne et la France ».

Il recommandait en conséquence de ne faire « quoi que ce soit qui puisse l'affaiblir, lui nuire aux yeux de la nation ou rendre sa position plus difficile ».

« Restauration bonapartiste ou république, voilà ce que M. de Bismarck travaillait à établir en France ! « *Ni Bourbons, ni Orléans* », disait-il un jour devant son compagnon de table, le Dr Busch. Plus tard, en voyant la république et les républicains faire si bien son jeu, il s'écriait avec son cynisme politique que « la France avait l'agonie folàtre ». (Deschamps).

Le but de Bismarck et des loges était donc le même : « Pas de roi, pas de catholicisme ». Les uns et les autres veulent bien d'un Bonaparte comme empereur parce que les idées napoléoniennes sont exactement les idées jacobines et maçonniques (lire le discours du prince Napoléon à Ajaccio) ; ils accepteront un empereur tenu en laisse.

Croire qu'il n'y eut pas entente entre Bismarck et la Haute-Maçonnerie serait juger en enfant les hommes d'Etat ; ils s'appuient sur ce qui peut les aider à atteindre leur but. Le chancelier, haut-maçon, fut soutenu par les loges et informé par elles. (Voir Savaète).

Bismarck remporta contre nous une nouvelle victoire plus grande encore que la première et la République *jacobine* fut établie. C'était une nouvelle étape de la destruction de la France. La dernière sera le socialisme.

Le programme est tracé depuis longtemps. Nous ne le répèterons jamais assez : tous les événements importants qui se sont produits depuis cent cinquante ans ont été préparés, et les « répétitions générales » exécutées à l'avance.

Auguste Chirac, dans un article paru ces jours-ci dans la Libre Parole (première quinzaine d'avril 1901), rappelle un passage de « la Guerre et la paix » où Proudhon résume le programme des ennemis de la France.

« Proudhon suppose qu'à la suite d'une guerre entre la France et l'Angleterre, la France ait été vaincue, que son territoire ait été envahi, que Paris ait été pris, et il se demande alors quelle serait, dans ce cas, la pensée des vainqueurs.

En réponse à ses questions, il se garde bien de donner ses propres conceptions.

Non. Il invoque des témoignages historiques :

« Le *Baron de Stein*, nous dit-il, l'esprit le plus libéral de l'Allemagne, mais qui n'aimait pas la France, Blücher et le Tügendbund nous l'ont dit, il y a quarante-six ans, (Proudhon écrivait en 1861) et, ajoute-il, je l'ai entendu de mes propres oreilles répéter par leurs successeurs.

L'unité française étant considérée comme étant la cause première du *militarisme français*, on en finirait avec elle, en poussant, à ses extrêmes limites, le principe d'*égalité*, si cher au peuple, et on opèrerait le démembrement du pays de la façon suivante :

« *La nation serait désarmée*, les forteresses et les ports détruits, les arsenaux vidés, les vaisseaux de guerre confisqués, toutes les dettes abolies (publiques, hypothécaires, commanditaires, chirographaires). La bourgeoisie serait frappée d'une énorme contribution de guerre ; la terre serait livrée aux paysans, par lots insaisissables et inaliénables, moyennant une redevance égale à peu près à la moitié de la rente du sol. Les transports, manufactures, banques, mines, marine seraient organisés en services publics.

« La classe travailleuse serait appelée, à la place de la bourgeoisie rentière et commanditaire, au bénéfice des exploitations ».

« Le pays serait divisé en *douze régences indépendantes*.....

« *Paris serait détruit*, non dans ses maisons, mais *dans ses 150 ou 200 monuments qui représentent l'idée française*..... »

« Les douze Régences formeraient une *confédération de petits États* qui, venus à l'existence par le bon plaisir de l'étranger, *fondés sur la spoliation et la banqueroute*, seraient les plus grands ennemis de l'unité.

« La nationalité est un sentiment si débile dans les multitudes, si prompt à se confondre avec l'intérêt de Clocher, que la plèbe des villes et des campagnes, enrichie par la ruine politique de la nation, prendrait rondement la chose et, *comme la bourgeoisie de 1814, voterait des remerciements à l'étranger.*

« Et ce PROPHÈTE si étrangement clairvoyant qui, il faut le répéter, écrivait en 1861, ajoute :

« A toutes les époques de crise, il surgit par bandes, comme une génération spontanée, des figures hétéroclites qui traduisent en charge le sentiment public, soulèvent l'épouvante, la pitié ou le dégoût, et disparaissent ensuite sans laisser de vestiges.

« Il rappelle alors les « Brigands » de 1789, les « Sans-Culottes » de 1793, « la jeunesse dorée » de 1796, les « Verdets » de 1815, et il s'écrie :

« *Nous aurions alors les fanatiques du démembrement, criant et faisant crier* : « A BAS LA FRANCE ! »

« N'est-ce pas stupéfiant d'exactitude ? Et la hordre Juive qui s'est emparée du gouvernement ne nous donne-t-elle pas le spectacle de ces « bandes » traduisant en charge le sentiment public ?

« Des charges ? En avons nous vu depuis deux ou trois ans ? La charge de la justice..... La *charge du militarisme*..... »

Et M. Auguste Chirac, qui est socialiste, mais pas du tout à la manière des socialistes au pouvoir, ou près d'y arriver, ajoute que si l'anticléricalisme manque au programme de Stein et Blücher, c'est qu'ils parlaient en vainqueurs, et n'avaient pas besoin de la ruse.

« Mais les *agents de l'étranger*, dit-il, et parmi eux « ceux de l'Angleterre, qui soutiennent les prédicants des articles de 1815, *cherchent à économis r à leurs mandants une guerre militaire* qui, même heureuse, leur coûterait trop cher ; c'est pourquoi ils ont pris la forme de *guerre religieuse* qui, de *tout temps*, a toujours *servi de masque à des revendications économiques*, alors même que le mot n'existait pas dans la langue des peuples. « En effet, l'anticléricalisme ne se résume-t-il pas, en somme, dans la disparition des derniers biens de main-morte existant encore en France, donnant ainsi le programme d'une série d'expropriations pacifiques, conformes au système de Stein et de Blücher ? Et ce programme, ne veut-on pas, au moyen de l'enseignement confisqué, l'inculquer à la prochaine génération, pour la rendre capable de l'accepter sans résistance ».

Les Jacobins socialisants et les socialistes de 1901 n'ont qu'une originalité, c'est d'avoir ajouté aux vieilles doctrines socialistes le programme de Stein et de Blücher. Quand il y aura bataille entre les premiers, les modérés, et les seconds, les Jacobins se souviendront sans doute des paroles de Bismarck, que nous avons rapportées.

.
. .

§ 4 — Centralisation et décentralisation. Les Provinces.

En même temps que le Jacobin de 1793, et que le Jacobin couronné, Napoléon, exagéraient pour en profiter ensuite une centralisation que nos rois avaient créée et mise au point, ils outraient le césarisme, nécessaire à nos rois pour unifier la France, mais qui devenait néfaste une fois obtenu le résultat pour la réalisation duquel il avait été établi.

La suppression des provinces fut l'effet de l'exagération de la centralisation, et la division en départements un moyen de règne.

Chaque province représentait une nuance spéciale de l'âme française. Ces différentes nuances étaient dues, plutôt qu'à une origine racique différente, à des conditions géographiques : nature et situation du sol, montagne ou vallée, province de frontière ou province centrale, du Nord ou du Midi. Chaque province avait sa vie, ses traditions, ses coutumes propres. La division incohérente des provinces en départements, dont beaucoup sont composés de tronçons de provinces différentes, en tua les traditions c'est-à-dire une source de vie, alors que, rationnellement, la subdivision eût du être réalisée dans le cadre des provinces conservées.

Mais le Jacobin voulait détruire les provinces parce qu'il voulait renverser tout ce qui datait de l'Ancien Régime et tout ce qui pouvait contribuer à conserver et à rétablir l'esprit de corps en France. Pour régner, il voulait diviser, puis centraliser en sa main toutes les forces de la nation. Ainsi les Provinces sont devenues la province ensommeillée et sans vie que nous connaissons.

Le traditionaliste se récrie contre la centralisation à outrance, et regrette la division naturelle de la France en Provinces. Il désire qu'on soit Français sans cesser d'être de sa province. Il pense comme Gladstone que le « patriotisme local est une chose non seulement anoblissante en elle-même, mais grandement utile au point de vue matériel », et profitable aux peuples, tant au point de vue économique qu'au point de vue moral.

Mais le traditionaliste ne veut pas que le patriotisme local soit l'ennemi du patriotisme national. Tout autre la pensée de ceux qui, parmi les socialistes, prêchent la décentralisation.

Le Jacobin était patriote à sa façon. Sauf quand il était chef, il n'était que l'agent inconscient de l'étranger : il n'était qu'exceptionnellement internationaliste et antipatriote. L'internationalisme était bien la base de la doctrine de Rousseau, des encyclopédistes, des maçons des arrière-loges, mais le moment n'était pas venu d'appliquer la doctrine dans son intégralité, il fallait d'abord réaliser dans une nation les points les plus facilement réalisables : on atteindrait le but principal ensuite, soit progressivement, soit par une révolution nouvelle.

Le socialiste continue la réalisation des principes là où s'arrête le Jacobin. Il lutte pour l'Internationalisme au détriment de l'idée de patrie, et la décentralisation à outrance, qui est en faveur auprès des socialistes fidèles au programme antifrançais, est une arme contre la patrie, qu'ils veulent affaiblir en la divisant, et contre l'idée de patrie en général : transformer la France en une série de petites républiques ayant chacune sa milice spéciale, c'est tuer la France, c'est faciliter le triomphe de l'internationalisme, qui veut instaurer sur des ruines ses fameux Etats-Unis d'Europe.

Ainsi donc, une décentralisation modérée aug-
menterait la vie de la France, alors qu'une décentralisation outrée en précipiterait l'agonie.

. .
.

§ 5. — L'Internationalisme

« L'unification de la conscience universelle est un
beau rêve, dit Peladan, mais, pour le faire, il faut
ignorer et la philosophie et l'histoire. Une religion
comme un monument concrétise une âme collective.
Celui qui a échangé des idées abstraites avec des
individus appartenant au groupe caractéristique de
l'espèce sait parfaitement que l'âme des races jaunes
ne se substante pas de la même morale que les Sémites ou les Aryas ».

L'internationalisme est une des faces du socialisme, et, il faut le dire, car antinationalisme et internationalisme sont synonymes, le socialiste nationa-
liste est un hérétique et un inconséquent.

L'internationalisme est dans Rousseau, dans l'en
cyclopédie, dans les doctrines des loges, et, en réalité,
le socialisme n'est qu'un moyen destiné à faciliter le
triomphe de l'internationalisme, dans l'esprit des
meneurs, patents et occultes.

Les internationalistes le savent, mais ce programme est nécessaire à la réalisation de leur espoir de
domination européenne.

L'internationalisme, qui a pris la France comme
champ de bataille, s'est donné comme un but immé-
diat vers lequel il fait converger tous ses efforts la

destruction de l'armée, de l'armée française bien entendu.

Nous allons montrer que ce but est également un des « coups de canons » du Maçon Sémite et Sémitisé contre le Celte.

Sous le second Empire, la maçonnerie, qui ne se contente jamais du terrain conquis, préparait une république ; elle avait des sympathies très motivées pour l'Allemagne et l'Italie, dont il entrait dans ses vues de faire des nations unies, premières assises des Etats-Unis d'Europe.

Puisqu'il y avait encore une armée en France, et qu'on ne pouvait encore la supprimer, il fallait s'en servir. On rappela un peu brutalement à l'Empereur les Serments du Carbonaro, et la France fit l'unité de l'Italie.

Mais le but était la suppression de l'armée française, il fallait y travailler, il fallait annihiler la France, éternel moyen, et éternel obstacle pour la Maçonnerie. En effet, le *Celte*, gardien des traditions est un obstacle, si le Français *déracé* est un moyen.

En 1885, le Frère Goffin, à la fête solsticiale de la loge de Liège, cite, parmi les buts de la Maçonnerie, la suppression des armées permanentes.

Dans les années qui précédèrent 1870, la Maçonnerie fit tous ses efforts pour transformer l'armée en une simple garde nationale. Vacherot, Pelletan, Jules Simon, Maquin, Jean Macé, Gambetta, tous les grands frères de France s'y employèrent. Dans l'ouvrage de Deschamps, que nous avons souvent cité, dans le travail de Georges Goyau paru dans la « Revue des Deux Mondes » le 15 juillet 1900, et où nous puisons nos renseignements sur ce sujet, on trouvera l'historique de ce que nous ne pouvons qu'effleurer. Gambetta, en 1868, dans le programme de sa candidature contre Carnot, demande la suppression des armées permanentes, « cause de haine entre les peuples ».

Dégustons lentement cette phrase si bien ciselée de l'éminent Jules Simon, qui crut devoir je ne sais pourquoi, quitter son nom de Suisse pour prendre un nom de Juif : « C'est pour qu'il n'y ait pas en France d'esprit militaire que nous voulons avoir une armée de citoyens qui soit invincible chez elle et hors d'état de porter la guerre au dehors... S'il n'y a pas d'armée sans esprit militaire, je demande que nous ayons une armée qui n'en soit pas une ».

Ajoutons-y celle-ci, qui comme la précédente, pourrait figurer dans le paragraphe que nous avons consacré au grotesque jacobin : « Inutile au-dedans pour la justice, le soldat n'est pas même nécessaire à la frontière. *Un pays qui a des citoyens est invincible* ; cette terre enfante des vengeurs et des héros, comme un champ fertile qui donne par année deux moissons ! »

Un jour, Crémieux, grand-maître du Rite-Ecossais, arrive à l'improviste au Grand-Orient (Rite Français). On n'a pas le temps de prendre les épées : on construit la voûte d'acier avec les bras : « Crémieux, tout ému, leur donne une leçon de choses : « Une voûte humaine, oui, disait-il avec onction, rien que des mains fraternelles, pas de glaives, pas d'images de la guerre ! »... C'était l'époque où Crémieux initiait aux rites sacrés Em. Arago, J. Simon et M. Laferrière ».

En un congrès de 1868 ou 1869, le *protestant Buisson combattit le militarisme.* « Il fallait, au dire de ce dernier orateur, aller dans les villages, y distribuer de petits papiers et de petits livres contre la guerre, contre toutes les livrées... *tout le monde fut content de M. Buisson, les Allemands surtout. C'est un berlinois qui demanda que son discours fût imprimé, tiré à part, et répandu à profusion.* »

En effet, les Allemands durent être contents des *antifrançais de la Maçonnerie,* qui, fait capital, *s'opposèrent aux réformes militaires du général Niel et furent les véritables auteurs de notre désastre de 70-71.*

Quant à l'attitude de la Maçonnerie au moment de cette guerre, on peut en juger d'après ce qu'en disaient dans les journaux, en avril 1899, Maurice Talmeyr et Albert Monniot. Voici ce que dit ce dernier, dans la « Libre Parole » du 15 avril. « C'est un récit fait à Stockholm, où il était alors ambassadeur, par l'ancien ministre des affaires étrangères de Russie, M. de Giers.

C'était en 1872, et on parlait dans un salon du sujet qui préoccupait encore tout le monde, les causes de la défaite de la France.

« M. de Giers prit alors le parole :

« Je ne voulais pas, dit-il, aborder le premier cette question délicate ; mais puisqu'elle est soulevée, je puis vous affirmer que je connais bien le rôle que joua la F∴ M∴ dans cette guerre.

« J'étais alors accrédité à *Berne* ; il y avait dans la ville une agence parfaitement organisée et fonctionnant avec une précision toute prussienne, pour les informations concernant la répartition des troupes françaises, leurs déplacements, la qualité des munitions, des vivres, etc., etc., et mille *indications des plus infimes et détaillées, que des Français affiliés à la F.·. M.·. communiquaient aux loges*, et, chose étrange, ces renseignements parvenaient avec une rapidité prodigieuse, par dépêches chiffrées à l'*agence prussienne maçonnique de Berne*.

« J'ai étudié à fond cette colossale organisation pour en faire un rapport détaillé à mon gouvernement.

« C'était invraisemblable, n'est-ce pas ? et cependant rien de plus vrai et du plus palpitant intérêt alors.

« La *nation française avait été, paraît-il, condamnée par la Haute Maçonnerie internationale*, et ni meilleure organisation militaire, ni talents stratégiques, ni bravoure incontestable des troupes n'auraient matériellement jamais pu triompher. C'était une guerre d'aveugles à voyants ! »

« C'est le témoignage d'un homme qui a occupé les plus hautes fonctions dans la diplomatie ; habitué à la discrétion et à la mesure, à ne parler qu'à bon escient.

« C'est une accusation accablante, et je voudrais que chaque Français pût en prendre connaissance : c'en serait fait de la Franc-Maçonnerie ».

Dans les premières années qui suivirent la guerre,

on n'osa attaquer l'armée, mais on ne poursuivit pas moins le but voulu, sa destruction, en réduisant de plus en plus le service militaire. Puis, s'emparant de l'occasion fournie par une Affaire célèbre, la Maçonnerie jeta tous ses voiles.

L'Affaire du Collier avait été un « coup de canon » dirigé contre l'Église et la Royauté, sur lesquels il fallait jeter le discrédit avant de les renverser.

L'Affaire Dreyfus fut un « coup de canon » dirigé contre l'armée, sur laquelle il faut jeter le discrédit avant de la supprimer.

C'est que l'Armée est la seule chose qui nous reste de notre Héritage National, le seul vestige de la Gloire de la France, sa seule force : c'était encore une grande force, du moins, il y a quelques années.

Ils savent bien, les cosmopolites, que « la loi et l'ordre public », ainsi que le dit Tesla, « exigent absolument le maintien d'une force organisée. Nulle communauté ne peut exister et prospérer sans une discipline rigoureuse. Tout pays doit être en mesure de se défendre quand la nécessité s'en présente. Les conditions d'aujourd'hui ne sont le plus souvent que la résultante de ce qui s'est fait hier, et l'on ne peut attendre un changement radical pour demain. Si toutes les nations désarmaient d'un seul coup, il est plus que probable qu'il s'en suivrait un état de choses pire que la guerre. La paix universelle est un beau rêve, mais qui ne peut devenir une réalité sur le champ... La guerre est une force négative et ne peut être ramenée à une direction positive sans passer par les phases intermédiaires. C'est le cas d'une roue qui tourne dans un sens, et que l'on ne peut faire tourner en sens contraire, sans diminuer sa vitesse, sans l'arrêter ou sans la faire remarcher en accélérant sa marche dans l'autre direction.

« ... Je ne crois donc pas que l'ère de la guerre puisse être clôturée par quelque progrès scientifique ou idéal, tant qu'existeront des conditions semblables à celles où nous vivons, parce que la guerre est devenue elle-même une science et parce que la guerre implique quelques-uns des sentiments les plus sacrés dont l'homme soit capable.

En fait il est douteux que les hommes qui ne seraient pas prêts à combattre pour un principe élevé, puissent être bons à quoi que ce soit ». (Tesla, dans la « Revue des Revues »).

On peut dire qu'il y a un progrès de réalisé dans la guerre, cependant : la mise hors de combat a remplacé, mais ce n'est pas d'aujourd'hui, la guerre d'extermination, sauf chez les Anglais, bien entendu.

Les membres du parti-traître savent bien qu'à toutes les époques de l'histoire, « les nations puissantes et redoutées furent toujours des nations prospères et l'on peut dire que l'activité commerciale, aussi bien que l'activité intellectuelle est une conséquence logique de la force et de la santé d'un peuple ». (Drumont).

Ils savent bien, car ils voient très clair dans l'histoire — que les Français n'ont-ils un peu de cette clairvoyance ! — ils savent bien que la Victoire donne aux peuples la puissance sur tous les plans. Pierre Leroux et Cousin l'ont fait remarquer : c'est à l'époque des guerres du règne de Louis XIII et du

Grand Celte Richelieu qu'éclosent et se développent les génies « qu'on attribue au règne de Louis XIV ». Ils savent bien aussi que si l'Allemagne est aujourd'hui la puissance la plus prospère de l'Europe, elle le doit à la puissance de ses armes et à sa *Victoire*.

Le Maçon, pour nous bercer et nous berner nous chante sur tous les tons son : *Gloria Victis !!!*

Mais le Celte crie :

VÆ VICTIS !!!!

.˙.

§ 5. — Cosmopolites ou Intellectuels

Un des buts les plus activement cherchés par la Maçonnerie et dont Joseph Reinach, je crois, a donné quelque part le programme, réédition d'une partie du programme de Blücher et Stein, que nous avons cité à propos du Socialisme, c'est la transformation de Paris en une ville cosmopolite : quand la France sera décapitée, pense-t-on, le règne définitif de la Judéo-Maçonnerie sera assuré en France.

Les Expositions Universelles sont l'un des grands moyens de l'internationalisation de Paris.

Elles y attirent les étrangers, dont beaucoup ne partent plus. Ils y sont un élément de métissage et d'immoralisation : car ceux qui restent ne sont généralement pas ceux qui brillent par la morale la plus haute.

Elles y attirent l'ouvrier de province. L'ouvrier de province que Paris hypnotise est celui qui se nourrit le plus facilement d'illusions: il est d'autant plus entraînable, que, souvent, c'est un dégénéré. Le désir du mieux, tout celtique, s'est changé chez lui en désir de l'impossible. C'est une proie désignée pour le meneur socialiste.

Escarpes de tous pays, laboureurs dégoutés de la terre et ouvriers considérant Paris comme un Paradis, déjà travaillés qu'ils sont par les politiquards de province, les uns et les autres sont d'excellents moyens d'action pour les Cosmopolitiseurs.

Bref, les Expositions Universelles ont pour résultat d'aliéner, dans tous les sens du terme l'Ame Française.

Quant au patriotisme, c'est la cible préférée de l'Intellectuel. L'agonie de l'Art français, qui ne peut évoluer que lorsqu'il ne subit pas de contrainte, et de l'Idéalisme Celtique, ont eu, entre autres résultats, la vogue du café-concert qui, à un moment donné, fut la boutique de bondieuserie du patriotisme et contribua, par le ridicule dont il le couvrit, à affaiblir ce sentiment, l'un des plus nobles parmi les sentiments.

L' « Intellectuel » d'aujourd'hui, nous lui donnons ce nom qu'il se donne lui-même, si injustifié qu'il soit, n'est autre que le libre-penseur de naguère, qui, ayant perdu les restes de sa virilité, a cru habile de glorifier l'impuissance.

L'étiquette de « libre-penseur », était démodée, ridiculisée par Flaubert, d'un bourgeoisisme regrettable. Puis, la libre-pensée n'est que l' « intellectualisme » en germe ou n'en est qu'un des éléments. Nos esthètes, trop veules, trop neurasthéniés, trop émasculés, pour avoir une foi quelconque, ou pour

savoir ce que c'est qu'une foi, ce que c'est que le *cœur*
ont choisi le nom d'Intellectuels, affirmant ainsi
sous une forme nouvelle l' « intangible » suprématie
de la *Raison*. Les Intellectuels sont des rationalis-
tes fatigués devenus anarchistes.

Quand on est incapable de pensée malgré qu'on
s'appelle intellectuel, mais parce qu'on est épuisé,
on s'inspire des auteurs étrangers, on habille ses
œuvres d'une forme qu'on appelle nouvelle, qui n'est
qu'une déformation de la langue, tels les dessins
des Redon ou des Beardsley auprès des Raphaël et
des Léonard ; — bref, imitant l'étranger, l'introdui-
sant en France et le portant aux nues, l'Intellectuel,
en littérature, joue à notre époque le rôle du poète
de la Pléiade de la Renaissance si admiré des protestants d'Europe.

Dans leur lutte contre l'Esprit français, ils vont
jusqu'à chercher au Groënland des écrivains dont la
Suisse est la seconde patrie, pour l'imposer à notre
admiration : il n'est pas jusqu'à l'orthographe qui
n'ait eu à subir les assauts de ceux qui voulant tout
détruire, ne veulent rien oublier dans leur destruction.

CHAPITRE II

LA VOIE DE L'AME FRANÇAISE

§ 1. — De l'attitude de la France devant ses ennemis.

La France, aujourd'hui, paraît être irrémédiablement menée vers le chaos par ses ennemis dont l'acharnement égale l'énergie et dont l'union est complète.

C'est dire qu'il est peut-être trop tard pour la France, d'entreprendre une lutte efficace.

Alors que le Juif, le protestant, et la Maçonnerie, qui est leur lien et leur moyen d'action, sont tout puissants, il est peut-être oiseux de déplorer que des gouvernements imprudents ou hostiles à leur pays aient installé le Juif en France, pour se mettre à sa remorque ensuite et de proposer des solutions à la Question Juive : les uns demandent l'expulsion, comme Drumont, les autres comme l'éminent jurisconsulte Ed. Picard proposent de « ne pas admettre les Juifs aux fonctions de la Cité ». Le Juif, avec ses procédés de *déformation* dont il use sur tous les plans, a transformé le prêt fraternel

Celtique en contrat de dépouillement : « il faut que les contrats, ainsi dévoyés, retrouvent et maintiennent leur destination primitive et vraie. Il faut frapper toute usure, il faut traquer les jeux de Bourse, il faut empêcher les expropriations impitoyables, il faut sévir contre la presse mercenaire ».(Ed. Picard).

Autant en emporte le vent. M. Edmond Picard n'est pas socialiste pour rien : il a ses illusions.

Il est probablement inutile de dire, que s'il y a des protestants excellents français et patriotes, il en est malheureusement qui sont des Anglais déguisés en Français. On déplorera de même sans succès, de voir des bandes anglaises coloniser l'Algérie, Madagascar, et ce qui est plus triste, les côtes de la France, notamment la Bretagne et la Normandie, ce dont on peut s'assurer par la lecture des ouvrages de Renault, « Le Péril Protestant » et la « Conquête protestante ».

Nos adversaires ne s'en tiennent point là. Après avoir détourné de sa religion le Celto-Gaulois, voient-ils son idéalisme persistant rejeter avec dégoût le matérialisme, vite ils nous offrent des *religions nouvelles*, d'origine et d'impulsion anglo-saxonnes. Voient-ils poindre le Réveil celtique, vite ils se déguisent en Celtes, attirent vers eux les sociétés Celtiques de France, et pour les embrigader, fondent un « *Ordre d'Iona et de Sein* », ORDRE USURPATEUR, dont l'un des dignitaires, sinon le grand-maître, aurait été, à sa fondation, le grand-maître de la Maçonnerie anglaise, le prince de Galles. Et le suprême conseil de cet ordre maçonnique a donné un gouverneur à notre île de Sein, siège de l'un des sanctuaires les plus sacrés de nos pères.

Enfin, on perdrait également son temps, à demander aux divers gouvernements qui se succèdent sous notre régime républicain-jacobin, de supprimer la Maçonnerie ou de lui appliquer les lois.

Le Français pourra-t-il au moins maintenir l'alliance franco-russe, qui est peut-être son seul espoir de salut ?

L'alliance franco-russe est un des évènements les plus importants, et des plus logiques de l'Histoire de l'Europe au XIXᵉ siècle. Cette alliance a été prédite par Saint-Yves-d'Alveydre : « L'atavisme Celtique éveillera et rapprochera en Europe et en Amérique cent millions de Latins, en Europe et en Asie cent millions de Slaves ».

Rien de plus logique que l'union des Celtes et des Slaves. Seule, l'union de ces races chevaleresques peut travailler à réaliser socialement dans la mesure du possible les doctrines de l'Evangile. Et c'est pourquoi cette Alliance fut, est, et sera toujours combattue par la Maçonnerie, qui, n'ayant pu l'empêcher, fait tous ses efforts pour la détruire, et y substituer l'alliance des peuples à gouvernement maçonnique, qu'ils espèrent amener plus facilement que les autres à la servir pour la réalisation des Etats-Unis d'Europe.

La Judéo-Maçonnerie ne s'en tiendra pas là : déjà elle prépare en Russie une révolution formidable : le snobisme des « intellectuels » de France, qu'elle n'a pas de peine à lancer sur une piste folle, en est déjà le complice : Ce ne sont pas les Skopsy qui manquent parmi eux. Le Nihilisme est déjà très bien porté.

Devant la puissance de l'ennemi, le Français étant d'une apathie incurable, le Celte, l'homme, le cariatide de la tradition de la Race, n'a qu'à attendre son heure, se recueillir, et se PRÉPARER.

« Une race, dit Francis André, est toujours immortelle. Seuls les peuples meurent, les races ne meurent pas. Elles succombent ou se tranforment pendant les cataclysmes qui tuent les nations. Elles reparaissent et vivent dès qu'on *évoque leur génie ou qu'on provoque leurs instincts* ».

C'est nous qui soulignons ces mots : ils résument ce qui fut et sera toujours l'œuvre de ceux qui détiennent et continuent la Tradition des DRUIDES et des CHEFS AU COLLIER D'OR, bref, de la CHEVALERIE DES GAULES.

.   .
.   .

§ 2. — La Synarchie

Les doctrinaires de la Révolution et leurs successeurs ont voulu nier et effacer tout le passé de la France Celto-Chrétienne, comme si l'âme d'un peuple pouvait se transformer sans qu'il reste trace de ses antécédents. Ainsi que l'âme d'un homme n'est que l'âme évoluée d'un enfant, l'âme d'un peuple vieux est l'âme transformée d'un peuple jeune.

Ils n'ont pu qu'affoler et annihiler l'âme française en l'éblouissant de promesses vaines. C'était d'ailleurs leur but.

Une nation ne peut renier son passé sans se tuer.

Si la France, ce qui paraît improbable aujourd'hui, peut se relever avant qu'une catastrophe l'anéantisse, ce ne peut être qu'avec le retour à ses traditions et d'abord à sa tradition sociale.

Le remède politique, le changement de régime, la disparition complète de toute institution entachée de Jacobinisme ne peut être qu'illusoire, ou tout au plus atténuer le mal dont souffre la France.

Le remède doit être d'ordre social : c'est dans le rétablissement des Etats-Généraux qu'on le trouvera.

Les Etats-Généraux ou tradition sociale celto-chrétienne, continuent la tradition sociale Celtique. Ils sont en germe dans les Assemblées locales et générales des Celto-Gaulois.

Les Etats-Généraux périodiques, représentant le pouvoir social des gouvernés et existant parallèlement avec le pouvoir politique des gouvernants, forment le seul régime logiquement applicable à la Race française. Ce régime est indépendant du Pouvoir Exécutif, qui peut être impérial, royal ou républicain.

Dans ce régime, le pouvoir social est indépendant du pouvoir politique.

La source de l'anarchie, c'est la transformation des représentants du pouvoir social en gouvernants.

La sanction du Pouvoir Social, c'est le vote de l'impôt, son contrôle, et les conséquences de ces prérogatives.

C'est la véritable souveraineté nationale, où chacun exerce le pouvoir social d'après sa qualité professionnelle et non au moyen d'un vote hasardeux, politique ; c'est l'utilisation de toutes les forces de la nation, qui convergent alors vers leur but propre.

Le marquis de Saint-Yves-d'Alveydre a appelé Synarchie le système politico-social sur lequel étaient basés les Etats-Généraux.

Dans le chapitre où nous jetons un coup d'œil sur l'histoire de France nous avons dit que si Philippe-le-Bel établit le premier les Etats-généraux, il ne fit que consacrer le principe toujours reconnu par les Capétiens de la souveraineté sociale du peuple.

On se rappelle ce que nous avons dit de Saint-Louis.

Quand plus tard, Charles VII, Louis XI, travaillaient à la rédaction de coutumes locales, ils ne seront que les « secrétaires du peuple », et c'est, avec Jeanne d'Arc, l'incarnation du génie Celtique, la synarchie, canalisation de l'instinct de conservation de la nation qui, alliée de l'Exécutif politique, lui donne les moyens de terminer la guerre de cent ans. (Voir la France vraie).

Nous allons, pour terminer, exposer dans ses grandes lignes la Tradition politico-sociale des Celto-Chrétiens, la Synarchie, d'après « La France Vraie », de Saint-Yves-d'Alveydre. Mais nous devons prévenir le lecteur que nous avons sur des points historiques des plus importants une opinion opposée à celle de cet auteur : ainsi on ne trouvera pas dans son œuvre l'expression de Tradition Celto-Chrétienne appliquée à la Synarchie.

La *Synarchie*, de deux mots grecs qui signifient « *avec principes* » est l'union de deux lois dont la seconde est disparue depuis longtemps, et a fait ainsi régner l'*anarchie*, ou *absence de principes* produisant le désordre.

Ces deux lois, qui furent appliquées incomplètement par les Etats-Généraux sont les suivantes :

Loi POLITIQUE des Gouvernants :	Triple pouvoir de l'Etat	Délibératif Judiciaire Exécutif
Loi SOCIALE des Gouvernés :	Triple pouvoir de la nation	Enseignant Juridique Economique

Dans ce système, le but, c'est-à-dire la vérité, l'équité, le bien public, sont atteints par la nation et les conseils correspondants à son triple pouvoir.

« Alors, les conseils sociaux de la nation agissent ainsi sur les conseils politiques du gouvernement :

L'Enseignant sur le délibératif ;

Le Juridique, sur le Judiciaire ;

L'Ordre économique sur l'exécutif...

« Le triple pouvoir des gouvernants réagit sur celui des gouvernés, en lui rendant en acte ce qu'il en a reçu en puissance ».

Dans les Etats-Généraux de 1302, on reconnaît la synarchie. Le roi représente la souveraineté politique et judiciaire, et les États la souveraineté sociale de la Nation, dont les *trois pouvoirs* sont représentés ainsi :

Enseignement : Épiscopat et Chapitres.
Juridiction locale : noblesse d'épée.
Economie communale de la nation : Echevins, Consuls, Capitouls, Prévôts.

Cette constitution, ces cadres des trois pouvoirs, sont l'œuvre non encore accomplie, la prophétie de la nation, dit Saint-Yves, ils sont distincts des constitutions d'origine étrangère, soit du monde païen, soit du parlementarisme anglais.

Ces trois pouvoirs sont différents de ceux que Montesquieu a empruntés à Aristote. Ils sont sociaux, viennent de la Nation ; ils ne sont pas politiques ou gouvernementaux. Ils ne viennent pas du roi. Ils ont une sanction que la monarchie éludera le plus possible, mais cette sanction n'est pas contestée par elle. Ce droit, c'est l'étude, la libre discussion et le libre vote de l'impôt.

« A la place du seul Clergé, de la seule noblesse, du Tiers-Etat, représentons en idée dans ces mêmes cadres toutes les juridictions toutes les classes économiques de la France actuelle, établissons un contact consultatif de cette triple compétence avec les trois pouvoirs de l'Etat : voilà la synarchie »

Dans les trois ordres des Etats-Généraux il existe des lacunes invalidant le principe synarchique.

Le premier Ordre « aurait dû être obligatoirement représenté, non seulement par les délégués féodaux des diocèses, mais par les curés des paroisses et par tout l'enseignement laïque de la nation. »

Il manquait au second ordre une représentation régulière de tous les pays de la nation. On aurait dû ranger magistrature et barreau dans le second ordre, on évitait ainsi la rancune qui facilitera la Révolution.

En effet, aux Etats de 1789, ils formèrent la majorité du Tiers. La lacune du troisième ordre consistait dans l'absence d'une représentation régulière de la cour des Comptes, de la cour des aides, des communautés rurales.

« Supprimons par la pensée la médiation des Etats-Généraux, il ne restera plus face à face que deux souverainetés, celle de tous et celle du centre, voulant toutes deux être politiques, ne se dévorant que pour se reproduire, ne se reproduisant que pour se dévorer, et ne retournant ainsi au chaos que pour y subir encore les lois de série jusqu'à l'accomplissement conscient et libre de la loi d'harmonie. »

Les Etats-Généraux eurent toujours le contrôle des impôts ; le gouvernement politique ne leur contesta jamais ce droit. Même avant leur établissement, nos rois, Saint-Louis surtout, comprirent toujours que leur rôle était d'allier leur pouvoir politique aux libertés de la Nation.

La France fut sauvée au xive siècle par la reconnaissance de la loi sociale. Au xviiie siècle au contraire, « la rupture de la tradition française, par le Suisse Necker, et *malgré les vœux de Louis XVI* », causera la subversion totale de la France.

« Pourquoi cette instabilité de plus en plus grande de tout gouvernement depuis un siècle ? C'est que la loi politique de Montesquieu et d'Aristote est impuissante à nous sortir des deux anarchies, sans l'intervention médiatrice de la loi sociale qui est celle de la tradition française ».

Les hommes de droite et de gauche, tout en se combattant, s'appuient sur la même loi, la loi politique, à l'exclusion de la loi sociale, et n'aboutissent qu'au Césarisme, la seule solution possible en ce cas.

Si, comme dans le parlementarisme actuel, les délégués des gouvernés étaient devenus gouvernementaux, aucune réforme profonde ne serait sortie des Etats-Généraux. Ils se seraient confondus avec les trois pouvoirs d'Aristote, comme aujourd'hui, et leur rôle de médiateurs eût cessé. C'est l'observation parallèle des deux lois qui fait que du XIVe au XVIe siècles la constitution sociale était plus républicaine que la République d'aujourd'hui, qui n'est que le Césarisme exercé par une oligarchie : c'est toujours la tradition Celto-chrétienne foulée aux pieds par l'application de la loi romaine antisociale.

Et le Césarisme, c'est « un fléau de Dieu comparable à la meule qui brise et égalise par la force les éléments que ne savent point se légiférer eux-mêmes par la Concorde ».

Or, l'esprit Celto-chrétien est forcément l'ennemi du Césarisme, parce que, *désirant la liberté de l'individualité et de la collectivité*, il ne peut subir longtemps la contrainte brutale. Il ne peut respirer à l'aise que sur sa voie propre, qui est constituée par l'union des deux lois.

En somme, on peut dire que lorsque la loi sociale, nécessaire à l'évolution, à la vie nationale, est entravée par l'anarchie, qu'elle vienne d'en haut ou d'en bas, des lois fatales, au moyen de la politique, coup d'Etat, ou révolution, qui paraissent dues à la volonté d'un homme ou d'une secte, amènent un évènement violent tendant à rétablir l'équilibre, à provoquer la restauration de la loi sociale.

L'anarchie s'oppose fatalement à elle-même tant que l'harmonie n'est pas obtenue.

Le pouvoir du peuple étant social, et non politique, les gouvernés doivent être représentés par voie de spécialités, c'est-à-dire que le suffrage universel doit être professionnel. Le vote doit avoir lieu par couple ou par foyer, « chacun comme membre de son unité professionnelle ».

« Le droit d'élection est donc ainsi rendu aux femmes : tel doit être le féminisme bien entendu, qui n'a rien de commun avec le féminisme à la mode, importation étrangère favorisée par ceux qui, ayant intérêt à détruire la civilisation chrétienne en provoquant l'anarchie sur tous les plans ne se contentent pas de s'attaquer à l'idée de patrie, mais veulent même saper les bases de la famille.

« Chaque unité professionnelle a trois candidats à élire pour former le collège électoral du département. Ce collège se divise en trois pouvoirs. Les délégations de ces collèges départementaux constituent l'Electorat total, le triple pouvoir des Gouvernés de France »,

Nous résumons ici en un tableau la Synarchie de

St-Yves d'Alveydre, perfectionnement des Etats-Gé-néraux de la tradition Celto-Chrétienne.

1° Collèges Départementaux.

Ils sont chargés de la synthèse des cahiers et élisent :

2° Trois grands Collèges électoraux

ÉTAT

social

DU PEUPLE

POUVOIR ENSEIGNANT
- Cultes.
- Universités.
- Sociétés savantes.

POUVOIR JURIDIQUE
- Magistrature.
- Barreau.
- Municipalités.
- Gouvernements ou Préfectures.
- Armée, Marine.

POUVOIR ÉCONOMIQUE
- Cour des Comptes.
- Agriculture.
- Industrie. Commerce
- Contribuables.
- Consommateurs syndiqués.

Qui reçoivent les cahiers classés en trois ordres de spécialités

Ces trois Collèges élisent à vie :

3° Les trois Conseils d'Etat législatifs.

ÉTAT

POLITIQUE

DES

Gouvernants

AUTORITÉ
- Cultes.
- Instruction, etc.

POUVOIR
- Justice, Guerre.
- Marine, etc.

ÉCONOMIE
- Economie agricole.
- Commerce, industrie, etc.

Qui légifèrent d'après les cahiers sous le contrôle de commissaires des Trois Collèges Electoraux

Ces trois Conseils génèrent par élection et examen :

4° Le Gouvernement proprement dit.

Trois MINISTÈRES
- *Primat* (Ministre de la vie intellectuelle).
- *Souverain Justicier* (Qui exerce le suprême pouvoir, dynastie mentale) (Ministre de la vie morale).
- *Grand Econome* (Ministre de la vie économique.)

Telle est la synarchie, ou le retour à la tradition française, ainsi que l'entend Saint-Yves d'Alveydre. Nous ferons des réserves sur la façon dont il conçoit le choix et le renouvellement du chef du pouvoir exécutif et de ses ministres. Mais dans ce système les attributions du chef du pouvoir exécutif peuvent être plus ou moins étendues sans que l'échafaudage croule : sa base, c'est l'action parallèle et différente du peuple et des gouvernants ».

Le régime des corporations modifié pourrait peut-être un jour mener à la synarchie ; on y arriverait même, par ce moyen, progressivement, sous un « *régime national* ».

L'Angleterre, l'Allemagne, l'Autriche, ont reconnu les bienfaits des corporations qu'elles ont rétablies. La France pourrait-elle, une fois par hasard, imiter l'étranger dans ce qu'il a de bon ? Les Jacobins se garderont de l'y encourager.

Un Gouvernement national pourrait profiter des tendances à l'association, inspirées par les nécessités économiques, qui se manifestent de plus en plus, et qui menacent de dévier vers l'absurde collectivisme. Peut-être même les *Congrès* pourraient-ils servir de cadres à la restauration d'un *régime corporatif*, et de base à l'instauration de la Synarchie.

Nous avons esquissé le système qui nous parait se rapprocher le plus de la Tradition française. Peut-être à une époque lointaine sera-t-il appliqué, mais avant la restauration de nos Traditions, des ruines sans doute s'accumuleront en Occident.

Après une première phase de destruction, les

démolisseurs s'arrêtèrent, en 1789. Ils se reposèrent de l'action violente pour préparer dans l'ombre la seconde phase aux prodromes de laquelle nous assistons aujourd'hui, et dont le socialiste sera l'artisan. Après la période de dictature nécessaire, peut-être le *Celte* paraîtra-t-il pour reconstruire : *C'est là son rôle.*

Souhaitons que cette dictature ne soit pas celle d'un souverain étranger, et que le *Celte* n'aura pas à chercher les matériaux d'un édifice nouveau dans les débris d'une « *Nouvelle Pologne* »,

BIBLIOGRAPHIE

Ouvrages consultés ou recommandés au lecteur.

TAINE. — Origines de la France Contemporaine.

CÉNAC-MONCAUT. — Histoire du Caractère et de l'Esprit français. (Nous avons beaucoup emprunté à cet ouvrage, mais nous tirons souvent des évènements des conclusions bien différentes de celles de l'auteur).

Dr Henry FAVRE. — Batailles du Ciel. — Manuscrit d'un vieux Celte. (De 1re importance).

Georges ROMAIN. — Le Moyen-Age fut-il une époque de ténèbres et de servitude ? (Très important ouvrage).

Francis ANDRÉ. — La Pucelle et les Sociétés secrètes de son temps. (Ouvrage capital pour l'histoire de Jeanne d'Arc, des sociétés par qui elle fut soutenue, et des Templiers dont elle fut l'adversaire).

Félicien CROUZILLAC. — Les Héros de la Mer, Pierre Crouzillac. (Dans cet ouvrage d'un Celte à la plume chevaleresque, l'auteur exprime de très intéressantes considérations sur la race à laquelle il appartient).

P. VITTE. — Le Réveil Celtique. (Paru dans la Paix Universelle).

DESCHAMPS. — Les Sociétés secrètes et la Société.

Comte LE COUTEULX DE CANTELEU. — Les Sectes et les Sociétés secrètes. (Ces deux ouvrages sont capitaux).

SAINT-AUBAN. — Le Silence et le Secret. (Très important).

PAPUS. — Traité de Science occulte.

SAINT-YVES D'ALVEYDRE. — La France vraie. (Extrêmement important ; malheureusement, l'auteur appelle notre tradition : tradition judéo-chrétienne, au lieu de celto-chrétienne, et se fait le défenseur des Templiers).

GOUGENOT DES MOUSSEAUX. — Le Juif, le Judaïsme et la Judaïsation des Peuples chrétiens. (Très important. Lire au sujet de l'auteur et de sa mort, l'article de Méry dans la *Libre Parole* du 19 mars 1900).

Edmond PICARD. — Synthèse de l'antisémitisme. Aryano-Sémitisme.

DRUMONT. — La France Juive.

RENAULT. — Le Péril Protestant. La Conquête Protestante.

EWERBECK. — Qu'est-ce que la Bible ?

TRIDON. — Du Molochisme Juif.

Gustave LE BON. — Psychologie du Socialisme. (Ces derniers ouvrages sont également très importants).

Francis ANDRÉ. — L'Economique des premiers Chrétiens.

AROUX. — Dante Hérétique, Révolutionnaire et Socialiste. — La Comédie de Dante, Traduction et Commentaire. — Les Mystères de la Chevalerie et de l'Amour platonique.

BAISSAC. — Origines de la Religion.

PELADAN. — L'Occulte Catholique. — L'art ochlocratique.

DARESTE. — Histoire de France.

SOURY. — Jésus et la Religion d'Israël.

FEUERBACH. — La Religion.

Emile MALE. — L'Art Religieux du xiiiᵉ siècle.

COYPEL. — Le Judaisme.

MARTHIN-CHAGNY. — La sémitique Albion.

Alexandre BERTRAND. — La Religion des Gaulois.

D'ARBOIS DE JUBAINVILLE. — Cours de Littérature Celtique. — Les premiers Habitants de l'Europe.

PICTET. — Le Mystère des Bardes.

GOYAU. — Patriotisme et Humanitarisme. (R. des Deux Mondes, 1900).

LE COUR-GRAND-MAISON. — Le Mouvement corporatif en Europe. (id. 1900).

VIAL. — Le Juif sectaire ou la Tolérance talmudique.

TRADUCTIONS DE LA BIBLE : La seule exacte, avant la traduction française de LEDRAIN, était la traduction de DE WETTE en allemand. Elle est toujours à consulter, d'ailleurs. Avoir soin de jeter au feu les Bibles des Sociétés protestantes.

Pour la mort de l'archiduc Rodolphe, consulter : Revue des Revues, nº du 15 octobre 1899. (Article de la princesse Odescalchi ; et la Deuxième Soirée des Soirées Franco-Russes, d'Arthur Savaète.

TABLE DES CHAPITRES

LIVRE PREMIER

L'âme Celtique et l'esprit Chrétien

LIVRE DEUXIÈME

L'Ame Celto-Chrétienne et ses vicissitudes à travers l'Histoire.

LIVRE TROISIÈME

Les Ecueils et la Voie de l'Ame Française

ANGOULÊME

IMPRIMERIE L. COQUEMARD

42, Rue Fontaine-du-Lizier.

ERRATA

Couverture et titre, au lieu de : Maïlgonn, lire « Maëlgoun ».
Page 8. au lieu de : concluerons, lire : « conclurons ».
— 32. — dirais, — « dirai ».
— 76. — Clémence, — « clémence ».
— 88. supprimer la virgule après Français.
— 96. au lieu de : couvaincu, lire : « convaincu ».
— 137 — Fesenval, — « Besenval ».
— 148. supprimer la virgule après complots.
— 169. au lieu de : Samarque, lire : « Lamarque ».
— — — Sa vie dans, — « Sa vie est dans ».
— 174. — 1858, — « 1848 »
— 177. — dominé, — « dominer ».
— 189. — diaimétralement, — « diamétralement »

www.ingramcontent.com/pod-product-compliance
Lightning Source LLC
Chambersburg PA
CBHW061432030726
47503CB00005B/1380